弄草集

周瘦鹃草木美文集

周瘦鹃　著

- 003 吾家的灵芝
- 008 西王母杖
- 011 无名英雄蒲公英
- 013 芦花白雪飞
- 016 雁来红
- 023 木槿与槿篱
- 025 装点严冬一品红
- 027 乌桕犹争夕照红
- 030 芭蕉开绿扇

- 035 崖林红破美人蕉
- 040 红了樱桃绿了芭蕉
- 043 霜叶红于二月花
- 049 晓霜枫叶丹
- 052 岁寒二友
- 056 天竹红鲜伴蜡梅
- 061 夹竹桃
- 064 鸟不宿

至味百果

- 066 苏州的宝树
- 075 枇杷树树香
- 080 恰夏果杨梅万紫稠
- 086 轻红擘荔枝
- 093 杨贵妃吃荔枝
- 098 年来处处食西瓜
- 101 柿叶满庭红颗秋
- 106 仲秋的花与果
- 109 橘的天下
- 112 最是橙黄橘绿时
- 116 枣
- 121 蔗浆玉碗冰泠泠
- 124 浆甜蔗节调

茶与咖啡

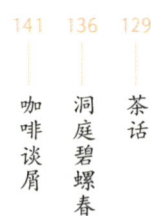

- 129 茶话
- 136 洞庭碧螺春
- 141 咖啡谈屑

时菓四花

- 149 — 岁朝清供
- 163 — 盆景二三事
- 170 — 苏州盆景一席谈
- 176 — 杨彭年所制的花盆
- 181 — 清凉味
- 186 — 家庭和园艺
- 189 — 园门长为此君开
- 193 — 垂直绿化

盆景与园艺

- 203 — 春风花草香
- 213 — 端午节的点缀品
- 221 — 夏之晨的花市
- 228 — 盛夏流行的蔬果
- 237 — 庭园秋色
- 244 — 中秋节的口福

雪中僵卧不须悲,
彻骨清寒始解诗。
一等人间闲草木,
月窗君看早梅枝。

〔宋〕陆游《赠惟了侍者二首》

吾家的灵芝

　　古人诗文中对于灵芝的描写，往往带些神仙气，也看作一种了不得的东西。但看《说文》说："芝，神草也。"《尔雅》说："芝一岁三华，瑞草。"又云："圣人休祥，有五色神芝，含秀而吐荣。"宋代大诗人陆放翁有《玉隆得丹芝》绝句云：

　　　　何用金丹九转成，手持芝草已身轻。
　　　　祥云平地拥笙鹤，便自西山朝玉京。

　　又，《丹芝行》云：

　　　　剑山峨峨插穹苍，千林万谷璠其阳。
　　　　大丹九转古所藏，灵芝三秀夜吐光。
　　　　如火非火森有芒，朝阳欲升尚煌煌。
　　　　何中劚取换肝肠，往驾素虬朝紫皇。

写得何等堂皇，可知芝之为芝，绝不能与闲花野草等量齐观的了。

芝的品种繁多，神农经所传五芝，据说红的如珊瑚，白的如截肪，黑的如泽漆，青的如翠羽，黄的如紫金，这就是所谓五色神芝。其他如龙仙芝、青灵芝、金兰芝三种，据说吃了之后，可以寿至千岁；月精芝、萤火芝、万年芝三种，吃了之后，可以寿至万岁。我终觉得古人故神其说，并不可靠，大家姑妄听之好了。

十余年前，之江大学的一位教授，在杭州山里掘得一株灵芝草，认为稀世之珍，特地送到上海去公开展览，并且拍了照片，在报上尽力宣传。我生平对于花花草草，本有特殊的癖好，难得现在有这神草瑞草展览于海上，合该不远千里而来，观赏一下。可是一则因岁首触拨了悼亡之痛，鼓不起兴致来；二则吾家也有灵芝，正如报端所说质地坚硬，光亮而面有云纹，不过是死的；死的与活的没有多大分别，不看也罢。

吾家灵芝，大大小小一共有好几株。有朋友送的，也有往年在古董铺里买来的。大的插在古铜瓶里，小的供在石盆子里，既不会坏，又十分古雅，确当得上"案头清供"之称。最好的一株，是十年前苏州一位盆景专家徐明之先生所珍藏而割爱见赠的。三只灵芝连在一起，而在左角上方，更缀上三只较小的，姿态非常美妙，却是天生而并非人为的。这六只灵芝都面有云纹，作紫红色，背白而光，柄作黑色，好像上过漆一样，其实是天生的；质地极坚，历久不坏。抗日战争期间，我曾带着它

————图题：
〔明〕沈周《芝石图》（扇面）

————图注：
沈周自题："烨烨神芝，钤冈之崖。九英挺秀，五色纷披。兆启厥祥，杰阁宏基。宸翰辉赫，日丽星仪。表以延恩，汪濊无涯。奕叶朱房，灵光永绥。"款："沈周弄画。"

一同逃难,后来在上海跑马厅中西莳花会中与其他盆景并列,曾引起中西士女们的赞赏。平日间我只当它是木菌,并不十分珍视,作为一件普通的陈设;直至看了之江大学那枝灵芝的照片,才知它也是灵芝,所不同的,就是活的与死的罢了。

近年我又得了一株灵芝,据说是一个竹工在玄墓山上工作时掘来的。五芝联结在一起,两芝最大,过于手掌,三芝不整齐地贴在后面,大小不等。五芝都坚硬如石,作紫色,沿边有两条线,色较浅淡,柄黑如漆,有光泽,的是此中俊物。我把它插在一只白端石的双叠形的长方盆里,铺以白砂,配上了一个葫芦,一块横峰的英石,供在紫罗兰盦中,自觉古色古香,非同凡品,朋友们都来欣赏,恋恋不忍去。我不知道这是什么芝,吃了下去能不能长寿。我倒也不想活到千岁万岁,老而不死,寿比南山;只要活到了一百岁,也就福如东海,心满意足了。呵呵!

然而,我却没有勇气吃下这一株五位一体的灵芝!

图题：〔明〕朱耷《芝兰清供图》

图注：朱耷自题：『春酒提携雨雪时，瓶瓶钵钵尽施为。还思竹里还丫髻，画插兰金两道眉。丙寅雪，在上元，同羽昭先生、舫居方丈、澹和上，道径山竹子，为画兼正。』款：『八大山人。』

西王母杖

西王母是神话中的天上仙人，那么西王母杖一定是她老人家所使用的一根仙人杖了。谁知千不是，万不是，却是山野中一种平凡的植物的别名——它的本名叫作枸杞。枸杞的别名很多，有天精、地仙、却老、却暑、仙人杖等十多个。枸杞原是两种植物的名称，因其棘如枸之刺，茎如杞之条，所以并作一名。叶与石榴叶很相像，稍薄而小，可供食用。干高二三尺，丛生如灌木。夏季开浅紫色小花，花落结实，入秋色作猩红，艳如红玛瑙。实有浑圆的，有椭圆的。椭圆的出陕甘一带，较为名贵，既可欣赏，又可入药。不论是花、叶、根、实，都可作药用，有益精补气、坚筋骨、悦颜色、明目安神、轻身却老之功。它之所以别名西王母杖和仙人杖，料想就是为了它有这些功效之故。

枸杞的实落在地上，入了土，就可生根，所以我的园子里几乎遍地皆是。春秋两季，采了它的嫩叶做菜吃，清隽有味。

老干不易得，友人叶寄深兄，曾得一老干的枸杞，居中有一段已枯，更见古朴，大约是百年以外物，每秋结实累累，红艳欲滴。他为了重视这株枸杞之王，特请江寒汀画师写生，并题其书室为杞寿轩，可是后来已割爱让与庐山花径公园了。我也有一株盆栽的老枸杞，作悬崖形，原出南京雨花台，已有好几十岁的年龄了。最奇怪的，干已大半枯朽，只剩一根筋还活着，我把一根粗铅丝络住了下悬的梢头，又在中部用细铅丝络住，看上去岌岌欲危。我曾和朋友们打趣地说："这一株老枸杞，好像是一个害了第三期肺痨病的病人，不知能活到几时？"哪里知道三年来它的生命力还是很强，年年开花结实，鲜艳如故。不久近根处又发了一根新条，枝叶四布，结实很多。我曾宠之以诗，有"离离朱实莹如玉，好与闺人缀玉钗"之句。各地来宾，见了这一株老枸杞，没一个不啧啧称怪的。

枸杞的老干老根多作狗形。据说宋徽宗时，顺州筑城，在土中掘得一株枸杞，活像是一头挺大的狗，当时认为至宝，就献到皇宫中去。旧籍中载："此乃仙家所谓千岁枸杞，其形如犬者也。"在宋代以前，这种狗形的枸杞，也屡有发见；唐代白乐天诗中，就有"不知灵药根成狗，怪得时闻夜吠声"之句，刘禹锡诗也有"枝繁本是仙人杖，根老新成瑞犬形"之句。宋代史子玉《枸杞赋》有句云："仙杖飞空，仿佛骖鸾，寿干通灵，时闻吠厖。"也是说它的干形像狗的。此外如朱熹诗"雨余芽甲翠光匀,杞菊成蹊亦自春",陆游诗"雪霁茅堂钟磬清,晨斋枸杞一杯羹"。而苏东坡、黄山谷各有长诗咏叹,尊之为仙苗、仙草。枸杞,在一般人看来,虽很平凡,而古时却有这许多大诗人加以揄扬,那就见得不平凡了。

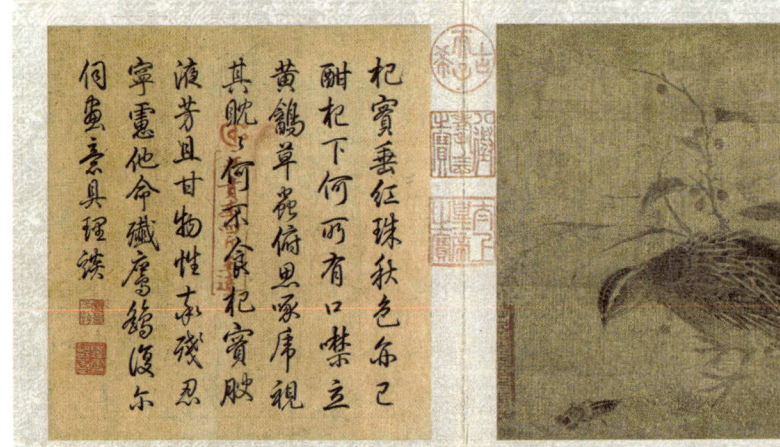

——图题:
〔宋〕崔悫《杞实鹌鹑图》

——图注:
乾隆题:"杞实垂红珠,秋色亦已酣。杞下何所有,口噤立黄鹌。草虫俯思啄,虎视其眈眈。何不食杞实,腴液芳且甘。物性率残忍,宁虑他命歼。鹰鹯复尔伺,画意具理谈。"

无名英雄蒲公英

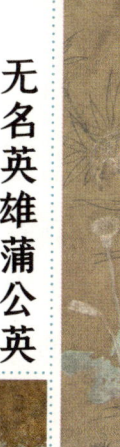

　　春初我们不论到哪一处的园地里去溜达一下，总可以看见篱边阶下或石罅砖隙挺生着一种野草，几乎到处都是，大家对它太熟悉了，一望而知这就是蒲公英。只因它出身太低贱了，虽也会开黄色的花，而《群芳谱》一类花草图籍却藐视它，不给它一个小小的位置，而它不管人家藐视不藐视，还是尽其所能，发挥它治病救人的作用。

　　蒲公英的别名很多，共有十多个，因它贴地而生，开出黄花来，又名黄花地丁，南方也有称为黄花郎的。它是多年生草本，叶从根部抽出，有些儿像鸟羽，叶边有大锯齿，齿形向下。早春时节，叶丛中间抽一茎，顶上生花，色作深黄，形如金簪头，因此又称金簪草。花谢飞絮，絮中有籽，这些籽落在哪里，就生在哪里，所以繁殖极快。倘将花茎折断，就有白汁渗出，可治恶疮，涂之即愈，此外如治乳痈也有特效。

　　据李时珍说，蒲公英还可以制成擦牙乌须还少丹，从前越王曾遇异人得此方，极能固齿牙、壮筋骨、生肾水，凡是年近八十的人服了之后，须发还黑，齿落更生，少壮的人服了，就可长葆青春，到老不衰。不知现代医学家们有未做过实验？

蒲公英不但可以入药，也可作菜蔬吃。早春叶苗初生，十分鲜嫩，即可尽量采取，上锅煠熟，用盐花酱麻油拌和，倒是绝妙的粥菜，并且有消滞健胃的效能。

古人曾有"十步之内必有芳草"之说，蒲公英即是一例。当此政府大力提倡中医中药之际，我们应该拥护这位无名英雄，使它发挥更大的作用，为人民服务。

芦花白雪飞

芦是长在水乡的多年生草,据说初生时名葭,未秀时名芦,长成时名苇,《诗经》所咏的"蒹葭苍苍",就是指新芦而说的。芦的同族和别名共有十多种,而通常总叫作芦苇和芦荻,就以形象来说,也是大同小异的。芦因生在水际,成长极快,茎高可达一二丈,中空如管,有节,并没分枝,叶片又细又长,两边锋利,倘用手勒,就会割破皮肤。入秋从叶丛中抽出花茎开白色细花,十分繁密。每枝长尺余,花穗对生,分作两排,每排各有十余穗以至二十余穗,顶端却只有一穗,作为结顶。

芦花有细茸毛,可以作絮以代棉花,因此古代曾用来翻衣。元代还有芦花被、芦花褥,诗人们曾咏之以诗,有"采得芦花不浣尘,翠蓑聊复借为茵""软铺香絮清无比,醉压晴霜夜不融"等句,给予很高的评价。而以芦花作枕芯,温软也不亚于木棉。

我家紫兰台下靠近金鱼池的一角,有一大丛白边绿地的芦,每茎长达一丈以外,是芦族异种,抽了穗子似花,其白如雪,摇曳生姿。另有一丛矮种的绿芦,种在一只长方形的紫陶浅盆里,配上了几块拳石;盆面空出一半地位,堵住了盆孔以盛水,作为芦荡,水边石矶上,坐着一个老叟把竿垂钓,意境很为清幽。国画馆的一位画师见了,点点头说道:"好一幅寒江独钓图!"

图题:
〔清〕边寿民《芦雁图》

图注:
边寿民自题:"芦荻秋风两岸开,孤飞碧海独徘徊。怜君万里辞边月,只为潇湘菰米来。"款:"苇间居士寿民。"

雁来红

千百种的花花草草，每一种都有一个名称。而花草中名称最美的要推雁来红，不但字面好看，而时令和色彩也全都在这三个字上表达了出来。为什么叫作雁来红呢？因为北雁南来的时候，叶变为红之故。为了它越老越鲜妍，因此又有一个"老少年"的别名。清初李笠翁作《闲情偶寄》，有"老少年"一则云：

> 此草一名雁来红，一名秋色，一名老少年，予尝易其名，曰还童草。此草中仙品也，秋阶得此，群花可废。此草植之者繁，观之者众，然但知其一，未知其二。予尝细玩而得之，盖此草不特于一岁之中，经秋更媚，即一日之中，亦到晚更媚。总之后胜于前，是其性也。

这一番话，对于雁来红的评价，再高没有了。

雁来红是一年生草，初出时好似苋菜，茎叶都和鸡冠一样。

到了深秋，高达六七尺以至一丈，脚叶作深紫色，而顶叶一丛，猩红如染，分外地鲜艳，真与春花一般可爱。

雁来红另有一种是顶叶黄红，而脚叶全绿的。收籽时标明了颜色，来春下籽时，和前一种相间地种在地上，那么入秋以后，更觉斑斓可观。还有雁来黄一种，现已少见。每年秋季雁来时，脚叶仍绿，而顶叶变作纯黄，并且灼灼有光，不像是老叶枯黄的模样。这也可与前两种相间而种，相得益彰。

古诗中咏及雁来红的，宋代以前，竟一首都没有。宋人诗也不多见，仅见徐似道句云：

叶从秋后变，色向晚来红。

杨万里句云：

开了原无雁，看来不是花。
若为黄更紫，乃借叶为葩。

方岳七绝云：

秋入山篱叶正丹，老天浑误作花看。

不知宋玉今何似,雁欲来时霜正寒。

明代陆树声七绝(两首)云:

何事还丹可驻年,一枝正作草中仙。
霜华洗尽朱颜在,不学春花巧弄妍。
疏疏密密缀新红,庭下看来锦一丛。
不分芳华易消歇,剩将老色借秋风。

杨慎有雁来红赋,描写得如火如荼,足为奇卉生色。清代诗人梁溪周子羽,有《雁来红》一诗:

翔雁南来塞草秋,未霜红叶已先愁。
绿珠宴罢归金谷,七尺珊瑚夜不收。

后来京中有一达官依此作画,遍求题咏,都觉得不很贴切;末了有某士人题诗云:

汉使传书托便鸿,上林一箭坠西风。
至今血染阶前草,一度秋来一度红。

图题：

齐白石《墨蝶雁来红》

图注：

明陆树声《老少年》（其一）：「何事还丹可驻年，一枝真作草中仙。霜华洗尽朱颜在，不学春花巧弄妍。」

《老少年》（其二）：「霜叶回红底是春，可中朱草对时新。衰迟不为矜颜色，留与群芳殿后尘。」

《老少年》（其三）：「疏疏密密缀新红，庭下看来锦一丛。不分芳华易消歇，剩将老色借秋风。」

弄草集
020

图题：齐白石《老少年》

图注：齐白石自题：『西风秋景颜色，北雁南飞时节，红似人民眼中血。』款：『白石老人』。千百种的花花草草，每一种都有一个名称。而花草中名称最美的要推雁来红，不但字面好看，而时令和色彩也全都在这三个字上表达了出来。为什么叫作雁来红呢？因为北雁南来的时候，叶变为红之故。为了它越老越鲜妍，因此又有一个『老少年』的别名。——周瘦鹃《雁来红》

见者都叹服，推为压卷之作。

除了雁来红、雁来黄外，另外一种一样锦，一名锦西风，又称锦布衲。叶似苋菜而大，顶叶纷披，有红、紫、黄、绿各色错综，因名十样锦。我最爱此种，庭前与雁来红合种一起，更觉烂漫悦目。曾于梦中得句云：

东皇剪碎天孙锦，撒遍人间曜素秋。

得了这些秋色，秋天就不觉得寂寞了。不过它们都是长性，倘用长竹竿扶持着，可以过墙，也就容易招风；并且为了根须着土很浅，经风即倒，所以长得一二尺时，就要随时壅土。下雨之后，更非壅不可。秋色之美，全在叶片，一经蚱蜢、蜉蚰摧残，就七穿八洞，顿觉减色。籽作黑色，细小如鸡冠籽，外包薄壳，簇聚茎上，被风吹入土中，明年可不种自生；可是移植很难，十株不活一二。我曾把小株带泥作盆玩，也早晚伺候，费去了心力不少。

────图题：
〔清〕居廉 《扶桑花》

────图注：
木槿有姊妹花，花叶、枝条和性能都很相像，也一样地朝开暮落，倒像是孪生似的。它的花以红色为主，比木槿更为娇艳，花形也比木槿更为美观，名叫"扶桑"。——周瘦鹃《木槿与槿篱》

木槿与槿篱

木槿花朝开暮落,只有一天的寿命。所以《本草纲目》中的"日及""朝开暮落花",都是它的别名。还有《诗经》中的"有女同车,颜如舜华","舜华"非别,也就是木槿。

木槿是落叶灌木,高达七八尺至一丈外。枝条柔韧,不易折断;内皮多纤维,可作造纸之用。叶互生作卵形,很像桑叶而较小,尖端有丫齿。入夏开花不绝,有单瓣,有复瓣,分红、白、浅紫、粉红诸色,鲜艳可喜。繁殖的方法,只须于梅雨期间,将粗枝截断,每段尺许,插在肥土中,经常浇水,成活率很高。不过第二年分株移植时,根上必须带泥,如果泥垛散落,那就不容易活了。

木槿可以编篱,湖南、湖北一带,盛行槿篱,也就是扦插而成。苏州农村中,也以槿篱作宅基和场地的围墙,年深月久,枝条纠结得非常紧密,任是猫狗也钻不进去,效果是特别大的。槿篱之作,古代早就有了,唐五代时,曾见之于孙光宪词,有

"茅舍槿篱溪曲,鸡犬自南自北"之句;他如宋、元、明人诗中,也有"夹路疏篱锦作堆,朝开暮落复朝开"等句,可见槿篱的历史是很悠久的了。我以为现在各地城市绿化,到处少不了绿篱,大可利用红色复瓣的木槿来编制。入夏红花绿叶,相映成趣,那么真所谓"夹路疏篱锦作堆"了。

木槿有姊妹花,花叶、枝条和性能都很相像,也一样地朝开暮落,倒像是孪生似的。它的花以红色为主,比木槿更为娇艳,花形也比木槿更为美观,名叫"扶桑"。李时珍说,东海日出处有扶桑树,此花光艳照日,其叶似桑,因以比之,后人讹为"佛桑",乃木槿别种。花有红、黄、白三色,红者尤贵,呼为朱槿。唐代李商隐诗,称它"才飞建章火,又落赤城霞";宋代蔡襄诗,说它"野人家家焰,烧红有扶桑",足见它的红艳,是与众不同的。

装点严冬一品红

一品红是什么？原来就是冬至节边煊赫一时的象牙红。它有一个别名，叫作猩猩木，属大戟科。虽名为木，其实是多年生的草本，茎梢是草质，不过近根的部分是木质化的。它的产地是北美的墨西哥，不知什么时候输入我国，现则到处都在栽种了。

一品红的叶片，绿得像翡翠一样，模样儿好像梭子，又像箭镞，叶面上有很细的茸毛，又络着红丝，很为别致。到了初冬，顶叶就从翠绿色转变为黄，也有变作浅红或深红的，因种类不同，转变的色彩也各异，而以深红的一种为最美，简直像朱砂那么鲜艳。一般人以为这就是花，其实是叶，正像雁来红的顶叶一样，往往会被人认作花瓣。顶叶的中心有一簇鹅黄色的花蕊，一个个像小型的杯子，这是给蜂蝶作授粉之用的。

今春我曾在北京中山公园唐花坞中，看到顶叶为浅红色的一品红，茎干很矮，比长干的好。时在三月，并不是顶叶变色的时期，原来也是用催延花期的方法把它延迟的。听说青岛有一种顶叶作白色的，自是此中异种，可是与一品红的名称未免不符了。

一品红的繁殖，都用扦插的方法。到了清明节后，把老本上的茎干剪为若干段，剪断处流出乳状的白汁，须等它干了之后，才一段段斜插在田泥和糠灰的盆里，随时灌水，力求湿润，过了一个多月，就会生出根须来。这时便可分株翻盆，一盆一株。到了夏季大伏天里，应将每株剪短，剪下来的新枝，再行扦插，愈插愈多；这时也必须经常灌溉，不可怠忽。农历九月中，开始施肥，先淡后浓，一个月后须施浓肥，一面就得把盆子移到温室里去培养。入冬以后，切忌受寒，非保持华氏五六十度的温度不可。记得去冬曾有两大盆，每盆五六枝，猩红的顶叶与翠绿的脚叶，相映成趣。不料突然来了个寒潮，仅仅在一夜之间，叶片全都萎了，第二天任是喷水曝日，再也挺不起来。这个一品红竟好像是千金小姐养成的一品夫人，实在是不容易伺候的。

乌桕犹争夕照红

这真是一个意外的收获，不知从哪一年起，我园南面遥对爱莲堂的一条花径旁边，有一株小小的乌桕树，依傍着那株高大的垂丝海棠成长了起来。当初我并不在意，两年前的霜降时节，忽见那边有几片猩红的树叶，被阳光照映着，分外鲜艳。走过去仔细一看，却见那叶片作心脏形，每一片都是红如渥丹，原来是一株野生的乌桕，已长到三尺多高。我热爱它的一片丹心，见它长在这里，太不合适，急忙把它掘起，种在一只六角形的深陶盆里，把树梢剪断了一尺，用棕绳扎住，弯曲向下，作悬崖形，再将其他枝条进行整姿，居然形成了一个挺好的盆景。第二年秋天，叶子红了，很为可爱。谁知今年春天，下垂的主枝枯死了一截，不成其为悬崖形了；于是又移植在一只白瓯瓷的长方盆中，重行整姿，把根部吊起，更觉美观。秋来并没重霜，而叶子先就一片片地红了起来，鲜艳得简直胜于二月花。我不敢怠慢，急忙郑重地捧到爱莲堂上，和许多盆菊供在一起,夕阳照到叶上,如火如荼,真如陆放翁诗所谓"乌桕犹争夕照红"了。

乌桕属大戟科,是落叶乔木,浙东一带河边溪畔和田岸上,多种此树,有粗可合抱,高达二三丈的。心脏形的叶片上,含有蜡质,光泽可喜。入夏开小黄花,有雌有雄,雌花到了深秋,就会结子,表皮作浅褐色,外层的白穰可榨成白油,内仁也作

——图题:
  〔宋〕佚名 《乌桕文禽图》

——图注:
  宋林逋《水亭秋日偶书》:"巾子峰头乌桕树,微霜未落已先红。凭阑高看复低看,半在石池波影中。"

白色，可榨成清油，可点灯，可制烛，也可入漆，可造纸。近代利用科学炼油的方法，又可炼成机器用油，用途很广。据旧籍中载称：每收桕子一石，可得白油十斤，清油二十斤；用油之外，它的渣可作壅田的肥料。树干的木质细而坚实，可刻书，可制造器物，经久不坏。它的根和叶，都可治病。油甘凉无毒，据李时珍说，可涂一切肿毒疮疥。乌桕的经济价值，真可说是不同寻常的了。

观赏桕叶，不必等候重霜渲染，它比枫叶红得早，也落得早，所以古人诗中都咏及这个特点，如宋代林逋的"巾子峰头乌桕树，微霜未落已先红"，明代刘基的"霜与秋林作锦帏，一朝霜重却全稀"。前年深秋我与程小青兄特地到碛石和尖山一带去看乌桕，就为了迷信重霜之故，去得迟了，树上大半都结满了子，虽还看到一些红叶，却已错过了它的全盛时期，未免有美中不足之感。

野生的乌桕，不易结子，必须用结子的树枝嫁接上去，很易成活；种在高燥的地方，多施肥料，生长极快。乌桕经过嫁接，结子必多，每株少则数十斤，多则竟在百斤以上，榨成了油，真是一本万利。又据旧籍中说：乌桕不必嫁接，只须于春间将枝条一一扭转，碎其心勿伤其皮，就可以结子，与嫁接同。我准备把园中地植的两株，如法尝试一下。

芭蕉开绿扇

炎夏众卉中，最富于清凉味的，要算是芭蕉了。它有芭苴、天苴、甘蕉等几个别名，而以绿天、扇仙为最雅。唐代诗人李商隐曾有"芭蕉开绿扇"之句，就为它翠绿的叶片，可以制扇，而风来叶动，也很像拂扇的模样。清代李笠翁曾说："幽斋但有隙地，即宜种蕉……一二月即可成荫。坐其下者，男女皆入画图，且能使台榭轩窗尽染碧色，'绿天'之号，洵不诬也。"这些话说得很对。近年来我们正在大搞绿化，芭蕉高茎大叶，布阴极广，实在是绿化最适用的材料。它经雨之后，阴更布得快，陆放翁所谓"茅斋三日潇潇雨，又展芭蕉数尺阴"，就是一个很好的说明，足资吟味。

芭蕉高丈余，茎粗而软，裹着一层又一层的皮，里白外青，一剥就会出水。叶片又长又大，一端稍尖，老叶刚焦，新叶就慢慢地舒展开来。凡是种了三年以上的芭蕉，就会生花，花茎从中心抽出，萼大而倒垂，多至十数层，每层都长花瓣，作鹅

图题：

〔明〕沈周 《蕉阴琴思图》

图注：

沈周自题："蕉下不生暑，坐生千古心。抱琴未须鼓，天地自知音。"款："长洲沈周。"

幽斋但有隙地，即宜种蕉。蕉能韵人而免于俗，与竹同功。王子猷偏厚此君，未免挂一漏一。蕉之易栽，十倍于竹，一二月即可成荫。坐其下者，男女皆入画图，且能使台榭轩窗尽染碧色，"绿天"之号，洵不诬也。——清李渔《闲情偶寄·芭蕉》

黄色，花苞中有汁，香甜可啜，这就是所谓"甘露"，而"甘露"也就成了苏州娘儿们口中对芭蕉的俗称。

芭蕉叶片特大，下雨时雨点滴在叶上，清越可听，因此古今诗人词客，往往把芭蕉和雨联系在一起，词调有《芭蕉雨》，曲调有《雨打芭蕉》。诗词中更触处都是，如唐白乐天的

"隔窗知夜雨,芭蕉先有声";王遒的"秋宵睡足芭蕉雨,又是江湖入梦来";宋贺方回的"隔窗赖有芭蕉叶,未负潇湘夜雨声"。我的园子里种有不少芭蕉,可是离内室太远,听不到雨打芭蕉的清响,真是一件憾事!记得某一年杨梅时节,游洞庭西山的包山寺,下榻大云堂,因连夜有雨,却听了个饱,自以为耳福不浅。当时诗兴大发,曾有"只因贪听芭蕉雨,误我虚堂半夕眠""芭蕉叶上潇潇雨,梦里犹闻碎玉声"等句,说它声如碎玉,倒也有些儿相像的。至于古诗中专咏雨打芭蕉而得其三昧的,要算宋代杨万里的那首《芭蕉雨》:"芭蕉得雨便欣然,终夜作声清更妍。细声巧学蝇触纸,大声锵若山落泉。三点五点俱可听,万籁不生秋夕静。芭蕉自喜人自愁,不如西风收却雨即休。"听雨打芭蕉还分出"细声""大声"来,并且定量定时,分外周到,真可说是一位听雨专家了。

图题:
〔明〕徐渭 《蕉石图》

图注:
徐渭自题:"冬烂芭蕉春一芽,隔墙似笑老梅花。世间好事谁兼得,吃厌鱼儿又拣虾。"款:"青藤潄老墨谑。"

古籍中说："芭蕉之小者，以油簪横穿其根二眼，则不长大，可作盆景，书窗左右，不可无此君。"不错，这十多年来，我每夏一定要把芭蕉作盆景，也不一定用那油簪穿眼的方法，例如那盆"蕉下横琴"，两株小芭蕉种在盆里已三年了，并没有施过手术，而年年发芽抽叶，并不长大。这几天供在爱莲堂上，我简直是当它宝贝一样，曾有诗云："盆里芭蕉高一尺，抽心展叶自鲜妍。不容怀素来题污，净几明窗小绿天。""案头亦自有清阴，掩映书窗绿影沉。寸寸蕉心含露展，一般舒展是侬心。"这就足见我的踌躇满志了。

芭蕉不但可供观赏，也可作药用，李时珍曾说它可除小儿客热，压丹石毒。肿毒初发，将叶研末，和生姜汁涂抹；将根捣烂，可治发背；花存性研末，盐汤点服二钱，可治心痹痛。像这样的大热天，让孩子们躺在芭蕉叶上作午睡，清凉解暑，也是舒服不过的。

崖林红破美人蕉

芭蕉湛然一碧，当得上一个"清"字，可是清而不艳，未免美中不足；清与艳兼而有之的，那要推它同族中的美人蕉。

美人蕉属芭蕉科的芭蕉属，是多年生的宿根草木，产生在南方闽粤一带，因花色殷红，原名红蕉，明人诗中，曾有"崖林红破美人蕉"之句。茎有高矮，矮的不过一尺上下，高的竟达四五尺。茎上先抽一叶，作长椭圆形，先卷后放，叶中再抽新叶，就这样一片又一片地抽出来。叶色有翠绿的，也有一些带深紫色的，中脉粗大，与芭蕉相似，两侧支脉较细，是平行的。到了初夏，叶的中心就抽出花茎，外面有许多花苞，一层层地包住，苞脱落后，就开出花来，就像一只红蝴蝶模样。从此花朵便自下而上，陆陆续续地开放；一面又有新叶抽出，叶心又抽出新花，叶叶花花，次第抽放，一直到深秋不断。花开过之后，也会结子，明春播植，常可发见新种，比分根更好。

古人对这种红花的美人蕉有很高的评价，如唐代柳宗元诗，曾有"晚英值穷节，绿润含珠光。以兹正阳色，窈窕凌青霜"之句。韩偓一赋，说得更为夸张："在物无双，于情可溺，横波映红脸之艳，含贝发朱唇之色。"倒是宋代宋祁的《红蕉花赞》，说得老老实实："蕉无中干，花产叶间，绿叶外敷，绛质凝殷。"可是说得太老实了，并没有赞的意思。

据《群芳谱》说：美人蕉是从东粤来的，其花开似莲花，红似丹砂。产在福建福州府的，四季都会开花，深红照眼，经月不谢；那中心的一朵花，晓生甘露，其甜如蜜。产在广西的，茎不很高，花瓣尖大，像莲花模样，红艳可爱。又有一种，叶与其他蕉类相同，而中心抽出红叶一片，也叫作美人蕉。又有一种，叶瘦如芦箬，花正红如石榴花，每天展放一二叶片，顶上的一叶，鲜绿如滴，花从春季开到秋季，还是开得很好。据《岭南日记》称："红蕉，中抽一花，如莲蕊，叶叶递开，红鲜夺目，久而不谢，名百日红。"这个别名，恰与红薇、紫薇相同，就为它们花期很长，可以开到一百天的缘故。

只因美人蕉原产两广和福建一带，所以唐人诗中如李绅云："红蕉花样炎方识，瘴水溪边色最深。叶满丛深殷似火，不惟烧眼更烧身。"这首诗火辣辣的，简直是要烧起来了。他如宋朱熹诗："弱植不自持，芳根为谁好？虽微九秋干，丹心中自保。"明皇甫汸诗："带雨红妆湿，迎风翠袖翻。欲知心不卷，

图题：

〔明〕文徵明《蕉荫仕女图》

图注：

文徵明自题：「依依落日平西，正池上晚凉初足。看太湖石畔，疏雨过，芭蕉簇簇。院落深沉，帘栊静悄，画栏环曲。猛然间，何处玉箫声起，满地月明人独。风约轻纱透肉，掩流苏，盈盈新浴。一段风情，满身娇怯，慌然寒玉。青团扇子，欲举还垂，几番虚扑。夜阑独啸，还又凄凉，自打灭、银屏烛。右调《水龙吟》。嘉靖己亥春日，偶阅赵松雪《芭蕉士女》，戏临一过。」

图题：

〔清〕改琦《芭蕉仕女图》

图注：

改琦自题：『癸丑秋七月，仿仇十洲笔意，七芗改琦作于缦园。』

迟暮独无言。"又无名氏诗云:"芭蕉叶叶扬瑶空,丹萼高擎映日红。一似美人春睡起,绛唇翠袖舞东风。"后两诗都以蕉叶比翠袖,倒是很妙肖的。

美人蕉不单是红色的一种,我家还有黄、白、粉红诸色,而以红色镶黄边的最为娇艳,倒像美人的红衫子上镶上了一条金色的花边一样,临风微飐,似乎要舞起来了。

红了樱桃 绿了芭蕉

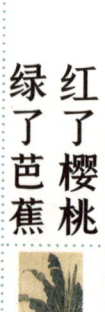

读了宋人蒋捷"红了樱桃,绿了芭蕉"的词句,就意味着春光渐渐地老去,立夏节到了。立夏节那天,我就看到红了的樱桃和绿了的芭蕉。

樱桃娇小玲珑,是果中俊品,皮色猩红而有光泽,颗颗像红玛瑙球,不但好吃,也很好玩,古人曾以"焕若随珠,皎如列星"赞美它,确是很得当的。然而樱桃也有作白色的,不过少见罢了,李白就有咏白樱桃一诗。

樱桃属蔷薇科的樱属,是落叶乔木,高达一二丈,春初,花和叶同时发生,花五瓣,白中微带浅红,一蕾茁生四五朵,开足后一白如雪;叶作圆形,尖端,边如锯齿,立夏以前就结果。在果树中结得最早,由绿而黄,成熟时就泛作鲜红,鸟雀一见,便纷纷飞来啄食,肉尽只余一个个核子,仍然留在枝上。我有一株盆栽的樱桃树,年年结实,可是不及欣赏,早被鸟雀当作美餐吃了。

芭蕉和樱桃本是风马牛不相及的,却被蒋捷一词联系了起来,樱桃红了,芭蕉也果然绿了。我的园子里有两大丛芭蕉,已一株株从泥土里钻了出来,一张张展开了嫩绿的新叶,使人看了,自有"绿净不可唾"的感觉。清代李笠翁对它最有好感,曾说:"幽斋但有隙地,即宜种蕉,蕉能韵人而免于俗,……一二月即可成荫。坐其下者,男女皆入画图,……'绿天'之号,洵不诬也。"不错,芭蕉易长易大,最易成荫,一到仲夏,就可高及屋檐,遮阳招凉,仿佛天然的绿幕。

前三年我曾掘了两株芭蕉的幼苗,种在一只紫砂的长方形浅盆中,配上了石笋,并在蕉荫下安放着一个陶质的老叟,正在跌坐操琴,就成了一个挺好的盆景。说也奇怪,三年来,这两株芭蕉老是长不高,冬季移入室内,叶也不萎,倒变做了四季长春的常绿树。

图题：

齐白石《樱桃》

图注：

樱桃娇小玲珑，是果中俊品，皮色猩红而有光泽，颗颗像红玛瑙球，不但好吃，也很好玩，古人曾以"焕若随珠，皎如列星"赞美它，确是很得当的。

——周瘦鹃《红了樱桃　绿了芭蕉》

霜叶红于二月花

> 远上寒山石径斜，白云生处有人家。
> 停车坐爱枫林晚，霜叶红于二月花。

这是唐代大诗人杜牧之的一首《山行》诗，凡是爱好枫叶的人都能朗朗上口。"霜叶红于二月花"这七个字的名句，给予枫叶一个很恰当的比喻。

枫别名灵枫、香枫，又称摄摄。《尔雅》说"枫摄摄"，因枫叶遇风则鸣，摄摄作声之故。树身高大，自一二丈达三四丈，叶小而秀，有三角、五角、七角之分；也有状如鸡脚、鸭掌或蓑衣的。据说枫的种类很多，计五六十种。山枫的叶子是三角的，称为粗种，可以利用它的干，接以其他细种，易活易长。农历二月间开小白花，结实作元宝形，掉在地上过冬，明春就长出一株株小枫来。我往往在园子里掘取十多株，合种在长方形的紫砂盆里或沙积石上，作枫林模样，很可爱玩。

枫叶入秋之后，渐渐地由绿色泛作黄色，一经霜打，便泛作红色，到了初冬，愈泛愈红，因此红叶就变成了枫叶的代名词。"红叶为媒"，是唐代的一段佳话，至今还传诵人口。那故事是这样的："唐僖宗时，学士于祐，晚步禁衢，于御沟得一红叶，有女子题诗其上。祐拾叶题句，置沟上流，宫人韩翠苹得之。后帝放宫女三千，出宫遣嫁。翠苹嫁祐，出红叶相示，惊为良缘前定。"这件事不知道是不是实有其事，如果是事实，那也只能算是偶然的巧合罢了。

古人爱好枫叶，纷纷歌颂，除杜牧之一首最著名外，宋代刘成德也有一首：

黄红紫绿岩峦上，远近高低松竹间。
山色未应秋后老，灵枫方为驻童颜。

它把枫叶夏绿秋黄以至入冬红、紫各种色彩，全都写了出来。此外历代诗人

图题：

〔明〕唐寅《红叶题诗仕女图》

图注：

唐寅自题：「红叶题情付御沟，当时叮嘱向西流。无端东下人间去，却使君王不信愁。」款：「唐寅。」

散句如"独叹枫香林，春时好颜色"，"一坞藏深林，枫叶翻蜀锦"，"遥看一树凌霜叶，好似衰颜醉里红"，"只言春色能娇物，不知秋霜更媚人"，"万片作霞延日丽，几株含露若霜吟"等，这些诗句都可看出，霜后的枫叶真是如翻蜀锦，美艳已极。

日本种植枫树有独到处，种类之多，胜于我国。他们的枫，春天里就红了，称为春红枫。据说一年四季，红色始终不变。有一种春天红了，入夏泛绿，到秋深再泛为红。我家有盆栽老干枫树一株，高一尺余，露根如龙爪，姿态极美，春间发叶，鲜妍如晓霞，日本人称为静涯枫，最为难得。又有一株作悬崖形的，春夏叶作绿色，而叶尖却作浅红，并且是透明的，也可爱得很。

苏州天平山，以石著，也以枫著。高义园、童子门一带，全是高

图题：〔清〕王翚《虞山枫林图》

图注：吴伟业题：「初冬景物未萧条，红叶青山色尚娇。一幅天然图画里，维摩僧寺破山桥。」款：「戊申嘉平为伊人社长题画。吴伟业。」王翚自题：「戊申小春既望，伊人道长兄过虞山看枫叶，枉驾荒斋，述胜游之乐，临行并嘱余图其景，因成此幅奉寄，时长至后三日也。」款：「虞山弟王翚。」

图题：〔清〕邹一桂《杜牧诗意图》

图注：邹一桂自题：「远上寒山石径斜，白云深处有人家。停车坐爱枫林晚，霜叶红于二月花。」款：「乾隆辛未小春臣邹一桂恭写。」乾隆题：「停车枫阪坐移时，霜叶飞来引绮思。诗写牧之不重咏，为他七字括无遗。萧萧落叶打头巾，坐喜秋光清绝伦。小杜纤秾老杜老，画家意究属何人。」款：「庚寅秋月御题。」

大的枫树，入冬经霜之后，云蒸霞蔚，灿烂如锦绣。年来老友张晋、余彤甫二画师都去写生，画成了大幅，堪称一时瑜亮。入秋以来，我虽常在探问天平枫叶红了没有，可是为了参加上海和苏州的菊展，手忙脚乱，不能抽身前去观赏一下。十一月下旬，郑振铎同志来访，据说刚从天平山看枫归来，满山如火如荼，漂亮极了。我听了，羡慕他的眼福不浅。

南京的栖霞山也以枫著称，每年深秋前去看枫的人，络绎于途，因此俗有"春牛首，夏莫愁，秋栖霞"之说。这两年来我常往南京，总想念着栖霞。恰因出席省文联代表大会之便，与程小青兄游兴勃发，都想一赏栖霞红叶，偿此宿愿。谁知一连好几天，都抽不出时间来，大呼负负。后来听费新我画师说，他已去过了，红叶都已凋谢，虚此一行。那么，我们虽去不成，也不用后悔了。

从南京回得家来，却见我家爱莲堂前的那株大枫树吃饱了霜，正在大红大紫的时期，千片万片的五角形叶子，绚烂得好像披着一件红锦衣裳，把半条廊也映照得红了。一连几天，朝朝观赏，吟味着"霜叶红于二月花"的妙处，虽没有看到天平和栖霞的红叶，也差足一餍馋眼了。

晓霜枫叶丹

一清早起身，抬眼见屋瓦上一片雪白，却并不是雪，而是厚厚的霜。我家堂前的一株老枫，被晓霜润湿了，红得分外鲜艳，正合着南朝宋谢灵运的诗句"晓霜枫叶丹"了。我的园子里，枫树虽有好几株，都是早红早脱叶，独有这一株好像演出压轴戏一般，红得最晚，也最耐观赏，凡是我经常过从的朋友们，没一个不是偏爱它的。有一天来了一位老诗人，对着树击节叹赏，微吟着古人诗句道："遥看一树凌霜叶，好似衰颜醉里红。"这个譬喻，倒是很确切的。

枫是落叶乔木，树干高达一二丈外，木质很坚，有作红色的，也有作白色的。叶片有三角的，有五角的，有七角的，以五角与七角为细种。山林中的枫树，大半都是三角，例如苏州天平山和南京栖霞山的枫，就是三角的，经霜之后，一样地红酣可爱。

枫的品种很多，不下百余，除了吾国自产的以外，也有从

图题：

于非闇《红叶双禽图》

图注：

于非闇自题：『翠微山红叶冷而弥艳，用唐人钩填法写似，建宏仁兄博笑。』

款：『戊子仲春，玉山砚斋微雪，非闇于照。』

日本和西方来的。名贵的品种，可用三角枫和普通的青枫作砧木，从事嫁接。五角枫和七角枫的子，形如元宝，随风飘落地上，明春发芽生根，生殖力很强，不过长大不快，十年生的干儿，也不过粗如拇指罢了。枫的细种，以葡萄绿为最，次为蓑衣、鸭掌、猩猩红等，一经秋后霜打，都能泛红。日本有一种静涯枫，却在阳春三月就红了；吾家有盆栽的一株，婀娜多姿，的是此中尤物。

说起天平的枫树，当初共有二三百株，又高又大，分布在高义园和范坟一带。相传明代万历年末，范仲淹的第十七世孙范允临，任福建某地的布政使，衣锦荣归时，到天平山来修建祖坟，并在"万笏朝天"下造一别墅，就把从福建带回来的一批三角枫种在那里。到了秋季，枫叶由青转黄、由黄转橙、由橙转紫，一经严霜，那就转为深红，于是朝霞一片，蔚为大观，几乎照红了半爿天，现在虽只剩了数十株，却仍然是堆锦列绣，足供观赏。

岁寒二友

昔人称松、竹、梅为岁寒三友,松、竹原是终年常备,而岁寒时节,梅花尚未开放,似乎还不能结为三友。倒是蜡梅花恰在岁尾冲寒盛开,而天竹早就结好了红子等待着,于是倾盖相交,真可称为岁寒二友。

吾家凤来仪室西窗外,有素心蜡梅三干鼎立,姿态入画,已有四十余年的树龄,年年着花累累,香满一庭。旁侧有天竹一大丛,共数十枝,霜降以后,子就猩红照眼。看它们相偎相依,恰像两个好朋友相视而笑、莫逆于心一般。此外,我又有一个蜡梅盆景,枯干虬枝,粗逾小儿臂,开花素心,作磬口形,自是此中佳种。又有一个天竹盆景,共七八枝,有枯干,有新枝,有高有低,有疏有密,每年也有二三枝结子的。我把这两盆放在一处,自觉得相映成趣。

蜡梅原名黄梅,宋代熙宁年间,王安国尚有咏黄梅诗。到了元祐年间,苏东坡、黄山谷改名为蜡梅,因其花黄似蜡之故。

明末清初李笠翁有言："蜡梅者,梅之别种,殆亦共姓而通谱者欤?然而有此令德,亦乐与联宗。"此说很为隽妙。花有虽已盛开而仍然半含,状如磬口的,名磬口梅,出河南。花有形似荷花,瓣作微尖的,名荷花梅,出松江。花有开最早,而色作深黄,香气浓郁的,名檀香梅,现已少见。有花小香淡而红心,未经接种的,名狗蝇梅,有人讹作九英,这是蜡梅下品。

宋代王直方家养有很多侍儿,中有一女名素儿,姿容最美。王曾以折枝蜡梅花送诗人晁无咎,晁赋诗答谢,有"芳菲意浅姿容淡,忆得素儿如此梅"之句,一时传为佳话,因此蜡梅又有素儿的别称。据旧籍中载,蜡梅又号寒客、久客,料因它耐寒耐久之故。

古今诗人词客咏蜡梅花的,并不很多。我最爱韩子苍一绝云:

路入君家百步香,隔帘初识汉宫妆。
只疑梦到昭阳殿,一簇轻红绕淡黄。

又断句如范成大云：

> 金雀钗头金蛱蝶，春风传得旧宫妆。

耶律楚材云：

> 枝横碧玉天然瘦，蕊破黄金分外香。

都很贴切。词如顾贞观《蜡梅花底感旧》调寄《小重山》云：

> 春到愁魔待厌禳。试东风第一，道家妆。蜡丸偷寄紫琼霜。檀心展，凭付与檀郎。　金磬敛花房。相逢应只在、水仙旁。色香空尽转难忘。人何处、沉痛觅姚黄。

看了"金磬敛花房"一句，可知他所咏的是磬口梅了。

天竹常见于江苏、湖北诸地，又名南天竺或南天烛，是灌木性而终年常绿的。枝高二三尺、五六尺不等。叶与楝树叶相像，较小，初夏开五瓣小白花，后结一簇簇的绿籽，经了霜渐渐变红，十分鲜艳。子的结法各有不同：子大而密的一种，名油球；子疏而向上高簇的，名满天星；子结得很多而向下低垂的，名狐尾。这三种，以狐尾为最有风致。此外有结子作鹅黄色的，名黄天竹，比红天竹为难得。更有结蓝子的蓝天竹，最为名贵，可说绝无仅有。听说拙政园中却有一枝，我未之见，容去访寻一下。

我于"八一三"日寇陷苏时，避地皖南黟县的南屏山村中，岁时苦无点缀，邻女以蜡梅、天竹各一株相赠，喜出望外，因赋小令《好事近》二阕为谢。录其一云：

　　傍榻列陶瓶，天竹殷殷红透。好与寒梅作伴，喜两相竞秀。　　梦回夜半忽闻香，冉冉袭罗袂。晓起检看衣带，又一花粘袖。

此词确是写实。因为陶瓶安放得离卧榻太近，所以蜡梅花掉在榻上，竟粘住在衣袖间了。

图题：（明）仇英《蜡梅水仙图》

图注：右上乾隆题：「冰镂芳葩蜡缬枝，托殊水陆契风姿。月明相对如相语，只恐人间金玉之。」款：「癸未新春御题。」右下仇英落款：「明嘉靖丁未仲冬仇英实父为墨林制。」

天竹红鲜伴蜡梅

我家有一只明代瓯瓷的长方形浅水盘,右角有一块绿油油地长着苔藓的小石峰,后面插着两株素心磬口蜡梅花,一枝昂头挺立,一枝折腰微欹。那疏疏落落的黄花,看起来有寂寞之感,而色彩也似乎单调了一些,不够耀眼。于是我忙到园子里去剪了一株天竹,插在那两枝蜡梅的中间,鲜红的子,嫩绿的叶,可就把鹅黄色的花衬托了出来,顿觉灿烂夺目。

天竹是一种属于小檗科的常绿灌木,原产在南方地区,因此又称南天竹。此外又有南烛、大椿、男续、阑天竹等好几个别名,连专家李时珍也说南烛诸名多不可解,我们也不必求其甚解了。它性喜丛生,总是一二十株簇聚一起。枝干挺直,质坚而细,高三四尺至丈余不等。叶复生作羽片状,经冬不凋。农历四五月间,花穗从枝梢抽出,开单瓣小白花,无色无香,不足观赏。花谢之后,就满穗结子,初作绿色,经霜渐变为红,鲜艳如颗颗火珠,一串串挂在枝头,十分悦目。它不但为人们所喜爱，连鸟类如白头翁见了也垂涎，所以子儿一红，非将纱布或硬纸包裹起来不可，否则到了春节前后就颗粒无余了。

天竹品种，计有十余个。看子的有狐尾、狮尾、满天星三种。以狐尾为最美，产于常熟，所结的子茂密均匀，每穗长尺余，真像狐尾一样；狮尾穗短而子大，顾名思义，可知其不如狐尾；满天星徒长枝叶，结子不多。这三种都结红子，也有结黄的，产于苏州，比较少见；有长短二种，结子较难，穗也较短，色彩当然也不如红子那么鲜艳。看叶的有五色南天竹、琴丝南天竹，还有红叶、黄叶和枝干屈曲的几种。就中以五色为最美，干矮叶密，四季变色，忽青忽白，忽黄忽紫，忽又一变而为红，可作盆玩，以供四时观赏。所谓琴丝天竹，是形容它的叶细如琴丝，而枝干也是矮矮的，栽在盆子里，可作案头清供。老干的天竹形成树桩的，是盆景上品，我有大小四株，有结子的，也有不结子的。其中一株来自天平山，虽结子不多，而红叶扶疏，大可观玩。

我国天竹散布各处，有的不知从何而来，多分是子落在地自行繁殖的。

图题：

吴昌硕《天竹小狗图》

图注：

吴昌硕自题：「狗眼势利过于人，天竹误认珊瑚树。天寒涉趣有谁来，墙角夕阳最深处。」款：「丁巳春，瑶笙小亭合作，吴昌硕题。」

图题：

于非闇《蜡梅山禽图》

图注：

画中左上于非闇自题：「惹得西湖处士疑，如何颜色到鹅儿。清香全与江梅似，只欠横斜照水枝。」款：「非闇。」画左侧于非闇自题：「此是我六十岁正在肩户用功之作，从写生中已能摸索出自己描绘之法。虽未尽成熟而务去陈言，画中有我。当时却以为脱去古人窠臼。凡钤「与古为徒」大印之作，皆此意也。此帧以重价赎归，并记于此。」款：「非闇，时年七十。」

如用人工繁殖，那么有播种、分株、扦插三个方法。播种当然慢一些，自以分株为最快，也最易成长。天竹喜阴而不喜阳，所以种在竹林旁或大树下，都很适宜；但以少见阳光、多受雨露为原则。它也喜肥，每年冬季，必须在根的四周壅以河泥和豆粕；如果在大伏天里，把红蜡烛油拌和草木灰壅上去，结子更觉红艳鲜明。

图题：

吴昌硕《天竹图》

图注：

吴昌硕自题：「磐石结孤根，翠叶光蘘蘘。错落珊瑚枝，铁网出海底。渭川种千亩，嘉名岂虚拟。岁寒不改色，可以比君子。叔平三兄法家属写，并书旧作，即蕲两正。己酉六月，归自秣陵。」款：「吴俊卿。」

夹竹桃

我爱竹,爱它的高逸;我爱桃,爱它的鲜艳。夹竹桃花似桃而叶似竹,兼有二美,所以我更爱夹竹桃。夏秋之交,庭园中要是有几丛夹竹桃点缀着,就可以给你饱看红花绿叶,一直看到秋天。

夹竹桃属夹竹桃科,是常绿灌木,一丛多干,高达七八尺以至二丈。据古籍中载,夹竹桃从南方来,名拘那夷,又名拘拿儿;后来流行于福建,称为拘那卫。据近人记录,夹竹桃原产于东印度,也有人说是伊朗,不知到底哪个对。

夹竹桃叶尖而长,很像竹叶,但不如竹叶之有韧性,入夏就在枝梢生出花来,花瓣多重,有白、黄、桃红诸色,以黄色为最名贵,而以桃红色为最普通,也最鲜艳。花发异香,带着杏仁味。根部有毒,如果折枝作瓶供,须防瓶水含毒,切忌入口。只因它来自热带地区,生性怕冷,所以盆植应于冬季移入温室;不过它的抵抗力相当强,江浙一带尽可地植,只要及时包裹稻草，以免冰冻就得了。它喜燥而恶湿，因此地植必须选定一个向阳而高燥的地方。它也喜肥，任何肥料都很欢迎，肥施得足，来年着花更为茂美。

前人诗词中，几乎不见有歌颂夹竹桃的，只见宋人梅圣俞有"桃花夭红竹净绿，春风相间连溪谷"句；明人王世懋有"布叶疏疑竹，分花嫩似桃"句；清人叶申芗有《如梦令》一词云："道是桃花竹倚。道是竹枝桃媚。相并笑东风，别具此君风致。何似。何似。佳士美人同醉。"那是以佳士比竹，而以美人比桃了。

图题：
〔清〕任熊《夹竹桃鸡图》

图注：
夹竹桃叶尖而长，很像竹叶，但不如竹叶之有韧性，入夏就在枝梢生出花来，花瓣多重，有白、黄、桃红诸色，以黄色为最名贵，而以桃红色为最普通，也最鲜艳。

——周瘦鹃《夹竹桃》

鸟不宿

正在百卉凋零的季节，我家廊下，却有异军突起，那就是一大株盆栽的鸟不宿。

这株鸟不宿原为苏州老园艺家徐明之先生手植，在我家已有二十余年。它的树龄，足足在百岁以上，根部中空，更见苍老。枝条屈曲粗壮，分作三大片。种在一只白釉的明代大圆盆中，碧绿的叶、朱红的子、雪白的干和枝条互相映衬，绮丽夺目，可以算得盆树中的尤物。

鸟不宿的名称很别致，只为它那光泽的长方形叶片，上下共有五角，每角都有尖刺，致使飞鸟不敢投宿其间，因此得名。可是鸟虽不宿，而偏喜啄食红子，尤其是白头翁，把它们当作佳肴美点，经常要来一快朵颐，即使被那叶上的尖刺刺伤了嘴和眼，也在所不顾。

鸟不宿一名"十大功劳"，是属于木犀科的一种常绿乔木，产于山地，山民又称为"枸骨"。据明代李时珍说，枸骨树如女贞，肌理很白，叶长二三寸，青翠而厚硬，有五刺角，四时不凋；五月开细白花，结实如女贞，九月熟时作绯红色，皮薄味甘，核有四瓣，人采其木皮煎膏，可粘鸟雀，称为黏黐。但他并未说明它和鸟不宿、十大功劳同为一物，不知何故？又据《本草》说，枸骨又名猫儿刺，因为它肌白好似狗骨，叶有五刺，其形如猫。那么猫儿刺又是鸟不宿的别名了。

苏州的宝树

旧时诗人词客，在他们所作的诗词中形容名贵的花草树木，往往用上琪花、瑶草、玉树、琼枝等字句，实则大都是过甚其词，未必名副其实。据我看来，苏州倒的确有几株出类拔萃的古树，称之为树中之宝，可以当之无愧。

最最宝贵的，无过于光福司徒庙中的几株古柏，庙门上有"柏因社"三字，就是因柏而名的。柏原有八株，后死其二，现存六株，其中最大最古的四株，据说清帝乾隆曾以"清""奇""古""怪"称之，树龄都在千余年以上，就是无名的两株，也并无逊色。自清代直到现在，虽已饱阅沧桑，而"清""奇""古""怪"四古柏，依然是清奇古怪，各有千秋。我虽和它们阔别了十多年，瞧上去竟浓翠欲滴，矫健如常；其他二株好像在旁作陪似的，也始终一无变动，我想给它们题上两个尊号，一时竟想不出得当的字来。

清代诗人施绍书曾以长歌宠之：

一柏直上海螺旋，一柏挐攫枝柯相胁骈。二柏天刑雷中空，伛者毒蛇卧者秃尾龙，上有蓊蔚万年不落之青铜。疑是商山皓，须髯戟张面重枣。或类金刚舞，愕眙杰冪目眦砮。可惜陪贰四柏颓厥一，佛顶大鹏衔之掷过崭岩逸。否则八骏腾骧八龙叱，何异秃眇跛瘘蹀躞游戏齐廷出。安得巨灵擘山，巫阳掌梦，召之归来，虬干错互掩映双徘徊。吁嗟乎！一柏走僵七柏植，欲喻精英月华炅。夜深月黑灯光荧，非琴非筑声清泠。天风飕飕，仙乎旧游，万籁灭息，远闻鹇鹘。此言谁所述？我闻如是僧人成果说。

诗颇奇崛，恰与古柏相称。而吴大澂清卿的《七柏行》，对于这七株古柏一一写照，更有颊上添毫之妙。如：

司徒庙中古柏林，百世相传名到今。
我来图画古柏状，日暮聊为古柏吟。
一柏亭亭最清绝，斜结绳文寒欲裂。
九华芝盖撑长空，几千百年不可折。
一柏如桥卧彩虹，霜皮剥落摧寒风。
霹雳一声天半落，残枝满地惊飞蓬。
一柏僵立挺霄汉，虬枝蟠结影零乱。
冰雪曾经太古前，炼此千寻坚铁干。

> 一柏夭矫如游龙，蒙头酣卧云重重。
> 满身鳞甲忽飞舞，掷地化作仙人笻。
> 中有二柏亦奇特，清阴下覆高柯直。
> 纵横寒翠相纷拏，如副三槐参九棘。
> 墙根一柏等附庸，侧身伏地甘疏慵。
> 昂头横出一奇干，千枝万叶犹葱茏。
> ……

读了此诗，就可以想象到这些古柏的姿态了。我以为它们不但是苏州的宝树，也可说是江南数一数二的宝树。

另一株宝树，就是沧浪亭东邻结草庵里的古栝，俗称"白皮松"，在全苏州所有的老栝中，这是最大最古老的一株，干大数围，是南方所稀有的。明代大画家沈石田曾说庵中有古栝十寻，数百年物，即指此而言。自明代至今，又加上了四百多岁，那么这古栝的年龄定在一千岁以上了。番禺叶誉虎前辈寓苏时，常去观赏，并一再赋诗咏叹，如《赠栝》一首云：

> 消得僧房一亩阴，弥天髯甲自萧森。
> 拏云讵尽平生志，映月空悬永夜心。
> 吟罢风雷供叱咤，梦余陵谷感平沉。
> 破山老桂司徒柏，把臂应期共入林。

沧浪亭对邻可园中荷花池畔，有一株胭脂梅，据说还是宋

图题：〔清〕李鱓《古柏凌霄图》

图注：李鱓自题：「古柏同根与众殊，春花掩映意萧疏。他年得志凌霄汉，便是千年好画图。乾隆十九年夏月写。请树翁年学长兄教。」款：「复堂慎道人李鱓。」

代所植,有人称之为"江南第一梅"。据我看来,树干并不苍古,也许老干早已枯死,这是根上另行挺生的孙枝了。每年春初花开如锦,艳若胭脂,我园梅丘上的一株,就是此梅接本。我曾宠之以词,调寄《忆真妃》云:

　　翠条风搦烟拖。影婆娑。疑是灵猿蜕化、作虬柯。　春晖暖。琼英圻。艳如何?错道太真娇醉、玉颜酡。

梅花单是色彩娇艳,还算不得极品,一定要有水光,才是十全十美。这株胭脂梅,就是好在有水光,普通的梅花和它相比,不免要自惭形秽。可惜一九五六年台风来袭苏州时,荷池里的水倒灌上来,竟把它生生地淹死了。

图题：

[明]唐寅《墨梅图》

图注：

唐寅自题：「黄金布地梵王家，白玉成林腊后花。对酒不妨还弄墨，一枝清影写横斜。□堂看梅和王少傅韵。」款：「吴趋唐寅。」

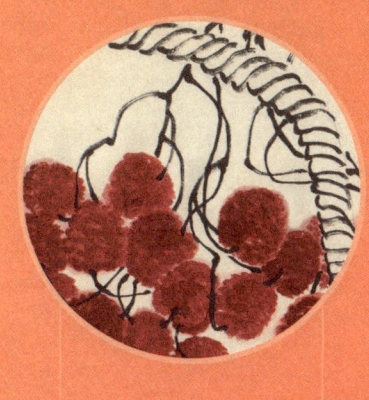

罗浮山下四时春,
卢橘杨梅次第新。
日啖荔支三百颗,
不辞长作岭南人。

〔宋〕苏轼 《食荔支二首》(其一)

枇杷树树香

苏州市的水果铺里,自从柑橘落市以后,就略显寂寞,直到初夏枇杷上市,才又热闹起来,到处是金丸累累,可说是枇杷的天下了。枇杷树高一二丈,粗枝大叶,浓阴如幄,好在四时常绿,经冬不凋,因有"枇杷晚翠"之称。花形很小,在风雪中开放,白色五瓣,微有香气,唐代诗人杜甫,因有"枇杷树树香"之句。昔人称颂枇杷,说它秋萌冬花,春实夏熟,备四时之气,其他果树,没有一种可以比得上的。它有两个别名,即卢橘与炎果;又因其色黄似蜡,称为蜡兄,大叶粗枝,称为粗客。农历三四月间结实,皮色有深黄有淡黄,肉色有红有白,红的称红沙,又名大红袍;白的称白沙,甜美胜于红沙。吾苏洞庭东、西山,都是枇杷著名的产地,尤以所产的红沙、白沙为最美。每年槎湾白沙枇杷上市时,我总要一快朵颐。大的如胡桃,小的如荸荠,因称荸荠种,肉细而甜,核少而汁多,确是此中俊物,可惜产量较少,一会儿市上就不见了。

图题:
〔宋〕吴炳《枇杷绣羽图》

图注:
　　近代吴昌硕诗云:"五月天气换葛衣,山中卢橘黄且肥。鸟疑金弹不敢啄,忍饥空向林间飞。"其实这是诗人的想象,并非事实。像吾家园子里的三株枇杷,一到黄熟时,就有不少是给鸟类抢先尝新的。
　　　　　　　　　　——周瘦鹃《枇杷树树香》

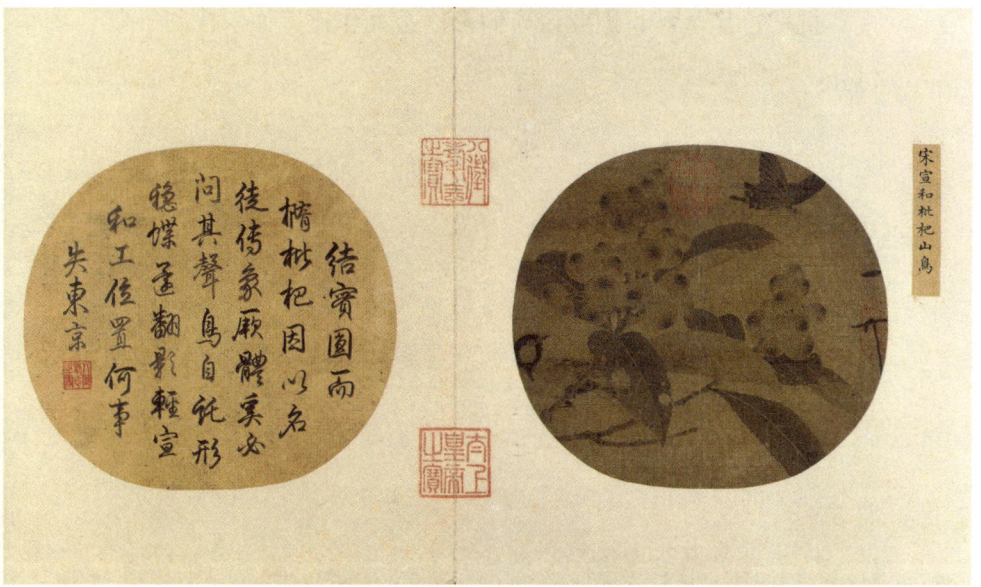

图题：

〔宋〕赵佶 《枇杷山鸟图》

图注：

乾隆题："结实圆而椭，枇杷因以名。徒传象厥体，奚必问其声。鸟自托形稳，蝶还翻影轻。宣和工位置，何事失东京。"

枇杷色作金黄,因此诗人们都以金丸作比。如宋代刘子翚句云:

> 万颗金丸缀树稠,遗根汉苑识风流。

明代沈周诗云:

> 谁铸黄金三百丸,弹胎微湿露泞泞。
> 从今抵鹊何消玉,更有饧浆沁齿寒。

高启诗云:

> 落叶空林忽有香,疏花吹雪过东墙。
> 居僧记取南风后,留个金丸待我尝。

近代吴昌硕诗云:

> 五月天气换葛衣,山中卢橘黄且肥。
> 鸟疑金弹不敢啄,忍饥空向林间飞。

其实这是诗人的想象,并非事实。像吾家园子里的三株枇杷,一到黄熟时,就有不少是给鸟类抢先尝新的。

明代大画家沈石田,有友人送枇杷给他,信上误写成"琵琶"。沈戏答云:"旧承惠琵琶,开奁骇甚!听之无声,食之有味,乃知古来司马泪于浔阳,明妃怨于塞上,皆为一啖之需耳。今后觅之,当于杨柳晓风、梧桐秋雨之际也。"石田此信原很隽妙，但据《辞书》中载，琵琶一作"枇杷"，可是不知枇杷能不能也通融一下，写作"琵琶"呢？

清代朱竹垞有《明月棹孤舟》一词咏枇杷云：

> 几阵疏疏梅子雨。也催得、嫩黄如许。笑逐金丸，看携素手，犹带晓来纤露。　寒叶青青香树树。记东溪、旧曾游处。日影堂阴，雪晴花下，长见那人窗户。

又，宋代周必大咏枇杷诗有句云：

> 昭阳睡起人如玉，妆台对罢双蛾绿。
> 琉璃叶底黄金簇，纤手拈来嗅清馥。
> 可人风味少人知，把尽春风夏作熟。

这一词一诗虽咏枇杷，而此中有人，呼之欲出，自觉风致嫣然。

苏州东北街拙政园中，有枇杷院，旧时种有枇杷树多株，因以为名。中有一轩，额曰"玉壶冰"，现在是供游人小憩的所在。我以为那边仍可多种几株枇杷，那么终年绿阴罨画，婆娑可爱，就将"玉壶冰"改为"晚翠轩"，亦无不可。

恰夏果杨梅万紫稠

当我在琢磨那首咏"长沙"的《沁园春》词时,一时不知该怎样着手。穷思极想之余,却给我抓住了末一句"浪遏飞舟"四个字,得到了启发,可就联想到那三万六千顷浪遏飞舟的太湖,又联想到那太湖上花果烂漫的洞庭山。当下就把洞庭山作为主题,费了大半天的工夫,好不容易总算写成了。上半首写的是山上景物和动态,下半首写的是前几年游山的回忆,抚今思昔,真是别有一番滋味上心头。

那时我游的是洞庭西山,恰值是杨梅成熟的季节,因此我那下半首的头两句用"游"字韵和"稠"字韵,凑巧地写成了"年时曾此遨游,恰夏果杨梅万紫稠"。真的,当时在山上所见到的,记忆犹新。在那漫山遍野无数的杨梅树上,密密麻麻地结着无数红红紫紫的杨梅,别说数也数不清,简直连看也看不清了。我跟着那位导游的朋友在山径上走走停停,欣赏着那许多杨梅树上的累累硕果。一路走去,常常听得路旁杨梅树上响起一片清脆的笑声,从密密的绿叶丛中透将出来。原来是山农家的姑娘们正在那里摘取她们劳动的果实,一会儿她们就三三两两地下了树,把摘到的杨梅从小篮子里放到大竹筐里,用扁担挑着竹筐回家去。我从旁瞧着,觉得这情景倒是挺有诗意的,于是口占了二十八个字:"摘来嘉果出深丛,三两吴娃笑语同。拂柳分花归去缓,一肩红紫夕阳中。"所谓"一肩红紫",当然是指她们肩挑着的满筐杨梅了。

杨梅毕竟是果中大家,不同凡品,因此植物学家给它所定的科属,就是杨梅科和杨梅属。李时珍给它释名,说是"其形如水杨子而味似梅,故名"。段氏(公路)《北户录》名朹子,扬州人呼白杨梅为圣僧。以圣僧为白杨梅的别名,不知是何所取义,我总觉得太怪了。杨梅树是常绿乔木,叶形狭长而尖,很像夹竹桃,可是形态较短而较厚,一簇一簇的光泽可喜。我曾从西山带回来一株矮矮的老树,模样儿很美,栽在盆子里作为盆景,想看它开花结果。可是山野之性,不惯于局促盆子,不满两年,就与世长辞了。杨梅在春天开出黄白小花来,有雌有雄。雄花不能结实,雌花结成小球似的果实,周身是坚硬的小颗粒,到小暑节边成熟。为了种子的不同,因有红、紫、白、黄、浅红等色彩,自以紫、白二种为上品。味儿有酸有甜,但是甜中带一些酸,倒也别有风味,正如宋代诗人方岳咏杨梅诗所说的"众口但便甜似蜜，宁知奇处是微酸"，可算是知味的了。

杨梅的品种，因地而异，据旧籍《群芳谱》载："杨梅，会稽产者为天下冠；吴中杨梅种类甚多，名大叶者最早熟，味甚佳，次则卞山，本出苕溪，移植光福山中尤胜；又次为青蒂、白蒂及大小松子，此外味皆不及。"不错，我们苏州光福镇原是一个花果之乡，潭东一带的杨梅，可以分庭抗礼。浙江的杨梅，会稽当然包括在内；大叶青种就产在萧山，果形椭圆，刺尖，作紫色，甘美可口。不可多得的白杨梅，就产在上虞，果形不大，而颗颗扁圆，很为别致。明代诗人瞿佑咏白杨梅诗，曾有"乃祖杨朱族最奇，诸孙清白又分枝。炎风不解消冰骨，寒粟偏能上玉肌"之句，有力地把这个"白"字衬托了出来。

杨梅供人食用，大概已有一千多年的历史，南朝梁江淹就有一篇《杨梅赞》："宝跨荔枝，芳轶木兰。怀蕊挺实，涵黄糅丹。镜日绣壑，照霞绮峦。为我羽翼，委君玉盘。"说它"跨荔枝"而"轶木兰"，真是尽其赞之能事了。汉代东方朔作《林邑记》有云："林邑山杨梅，其大如杯碗。青时极酸，既红，味如崖蜜。以酝酒，号梅香酎，非贵人重客，不得饮之。"

杨梅又有一个别名，叫作"君家果"，据《世说新语》载："梁国杨氏子九岁，甚聪惠。孔君平诣其父，父不在，乃呼儿出。为设果，果有杨梅。孔指以示儿曰：'此是君家果。'儿应

图题：齐白石《杨梅》

图注：原来是山农家的姑娘们正在那里摘取她们劳动的果实,一会儿她们就三三两两地下了树,把摘到的杨梅从小篮子里放到大竹筐里,用扁担挑着竹筐回家去。我从旁瞧着,觉得这情景倒是挺有诗意的,于是口占了二十八个字:「摘来嘉果出深丛,三两吴娃笑语同。拂柳分花归去缓,一肩红紫夕阳中。」

——周瘦鹃《恰夏果杨梅万紫稠》

声答曰：'未闻孔雀是夫子家禽。'"自从有了这个故事以后，姓杨的人往往跟杨梅认起亲来。例如宋代杨万里诗"故人解寄吾家果，未变蓬莱阁下香"，明代杨循吉诗"杨梅本是我家果，归来相对叹先作"，只因这两位都是姓杨，所以就称杨梅为"吾家果"了。此外，还有把杨梅和唐明皇的爱妃杨贵妃拉扯在一起的，如宋代方岳的一首咏杨梅诗："五月梅晴暑正祥，杨家亦有果堪攀。雪融火齐骊珠冷，粟起丹砂鹤顶殷。并与文园消午渴，不禁越女蹙春山。略如荔子仍同姓，直恐前身是阿环。"这位诗人竟把杨梅当作杨玉环的后身，真是想入非非。

　　栽杨梅宜山土，以砂质而混合一些细石子的，最为合适，所以栽在山地上就易于成长，并且最好是在山坡的东面和北面，西、北两面还要有一带常绿树，给它们挡住西北风，才可安稳过冬。栽种和移植时期，宜在农历三四月间，每株距离约二丈见方，不可太近。地形要高，土地要湿润，因此梅雨时节，就发育得很快，自有欣欣向荣之象。一到炎夏，烈日整天地晒着，枝叶就容易焦黄，影响了它的发育。新种的苗木，必须注意它的干湿，即使经过二三年，要是遇到天旱，仍须好好浇水，不可懈怠。浇水之外，还要注意施肥，用豆粕、草木灰、人粪尿等和水，现在春初一二月间施一次，到得结了果摘去以后，再施一次。树性较强，病虫害较少；枝条如果并不太密，也就不必常加修剪。

  三年以来,我们苏州东、西山的杨梅,年年获得大丰收。一九六一年五月下旬,有一位诗友从洞庭山来,说起今年杨梅时节,踏遍了东、西二山,他所看到的,正如陆游诗所谓"绿阴翳翳连山市,丹实累累照路隅",到处是一片丰收景象,千千万万颗杨梅,仿佛显得分外地鲜艳。

轻红擘荔枝

荔枝色、香、味三者兼备，人人爱吃，而闺房乐事，擘荔枝似乎也是一个节目。清代龚定盦有《菩萨蛮》词集前人句云："娇鬟堆枕钗横凤，溶溶春水杨花梦。翠被夜徒熏。娇郎痴若云。波痕空映袜。艳净如笼月。明月上春期。轻红擘荔枝。"又，苏曼殊《东居杂诗》之一云："兰蕙芬芳总负伊，并肩携手纳凉时。旧厢风月重相忆，十指纤纤擘荔枝。"读了这一词一诗，使我回忆到二十余年前亡妻凤君健在时，一见荔枝上市，总是买了来亲手剥开给我尝新的。那时我有一位文友罗五洲兄，服务香岛邮局，每年仲夏总得寄赠佳种糯米糍一大筐，成为常年老例，我和凤君大快朵颐，而儿女们也都能饱啖一下。抗日战争以后，与罗兄失去联系，久已吃不到糯米糍。今年春暮，我曾吃过二十多个荔枝，那是早种的三月红、玉荷包之类，并不高妙，可就使我苦念糯米糍不置！而送荔枝的好友与擘荔枝的亡妻，更憧憧心头不能去了。

古人吃荔枝，除独吃外，还有集会结社而吃的。五代刘铢每年于荔枝熟时，设红云宴，大会宾客。明代徐燉，约友好作餐荔会，定名红云社，订有社约，善啖者许入，只限七八人，太多则语喧，荔约二千颗，太少则不饱，会设清酒、白饭、苦茗和肴核数器而已。谢肇淛有《红云续约》，在初出市时即举行餐荔会，到将罢市时为止，社友都须搜罗名种，与众共之。后来宋珏又结荔社，其社约中有云："夫以希奇灵异之物，而能珍惜之，留护之，结以同趣，集以嘉辰，幕以浓阴，浴以冷泉，披以快风，照以凉月，和以重碧，解以寒浆，征以往牒，纪以新词；虽迹混尘壤，而景界仙都，身坐火城，而神游冰谷。"读了这一段文字，可见他们的兴会淋漓，真是荔枝的知己。

古今来文人墨客，对荔枝刮目相看，都给予最高的评价，诗词文章，纷纷歌颂，比之为花中的牡丹。牡丹既被称为花王，那么荔枝该尊为果王了。唐代白乐天《荔枝图序》有云：

  荔枝生巴峡间。树形团团如帷盖。叶如桂，冬青；花如橘，春荣；实如丹，夏熟。朵如葡萄，核如枇杷，壳如红缯，膜如紫绡，瓤肉莹白如冰雪，浆液甘酸如醴酪。大略如彼，其实过之。若离本枝，一日而色变，二日而香变，三日而味变，四五日外，色香味尽去矣。

———— 图题：
　　〔清〕华嵒 《啖荔图》

———— 图注：
　　华嵒自题："钱唐周子念修尝爱东坡居士曰'日啖荔支三百颗，不妨长作岭南人'之句，以为荔支佳品，岭南僻地，生于吴越者多终生不得一至，即至亦未必适遇其时，东坡之言，良不为过。余闽产荔不下岭南，周子以余生长其地者象形维肖，且以三十年想慕不可得之物，一旦箕踞其间，罗列而进，四时之春，不皆在吾盆盎间乎？味其言，盖亦雅人之深致也。因乐为之图。"款："丁亥长夏，秋岳华嵒并题。"

这一段话，已说明了荔枝的一切，自是经验之谈。

荔枝不只产于巴蜀，闽、粤两省也有大量的生产。它又名杂枝、丹荔，而最特别的，却又叫作钉坐真人。树身高达数丈，粗可合抱，较小的直径尺许，农历二、三月间开花，五、六月间成熟，宋神宗诗因有"五月荔枝天"之句。古代荔枝谱中所载种类繁多，有陈紫、周家红、一品红、钗头颗、十八娘、丁香、红绣鞋、满林香、绿衣郎等数十种。大多是闽产，不知现在还有几种？至于粤中所产，则现有三月红、玉荷包、黑叶、桂味、糯米糍等，都是我们所能吃到的。至于命名最艳的，有妃子笑一种；产量最少的，有增城的挂绿一种。

闽产的荔枝中，有一种名十娘，果形细长，色作深红，闽人比作少女。俗传闽王王氏有弱妹十八娘，一说是女儿行十八，喜吃这一种荔枝，因此得名。又一说闽中凡称物之美而少的，为十八娘，足见这是美而少的名种了。明代黄履康作《十八娘传》，他说："十八娘者，开元帝侍儿也，姓支名绛玉，字曰丽华，行十八。"文人狡狯，借此弄巧，竟把珍果当作美女子般给它作传。宋代蔡君谟襄作《荔枝谱》，称之为绛衣仙子，那更比之为仙子了。

广州有荔枝湾，是珠江的一湾，岸边都是荔枝树，绿荫丹荔，蔚为大观。据说这里本是南汉昌华旧苑，有人咏之以诗，

图题：陈之佛《红荔白鹦图》

图注：陈之佛自题：「芳树层层缀嫩芽，碧丛翠朵画丹砂。驱驰驿路难消夏，试荐雕盘艳落霞。」款：「乙酉初夏，雪翁。」

曾有"寥落故宫三十六，夕阳明灭荔枝红"之句。清代陶稚云《珠江词》，都咏珠江艳事，中有一首：

> 青青杨柳被郎攀，一叶兰舟日往还。
> 知道荔枝郎爱食，妾家移住荔枝湾。

——图题：
〔宋〕赵佶《荔枝山雀图》

——图注：
宋苏轼《食荔支二首》其一："丞相祠堂下，将军大树旁。炎云骈火实，瑞露酎天浆。烂紫垂先熟，高红挂远扬。分甘遍铃下，也到黑衣郎。"其二："罗浮山下四时春，卢橘杨梅次第新。日啖荔支三百颗，不辞长作岭南人。"

杨贵妃吃荔枝

唐代开元年间,四海承平,明皇在位,便以声色自娱,贵妃杨玉环最得他的宠爱。白香山《长恨歌》所谓"后宫佳丽三千人,三千宠爱在一身"。因此她要什么,就依她什么,真的是百依百顺。贵妃生于蜀中,爱吃荔枝,一定要新鲜的,于是下旨取涪州荔枝,从子午谷路进入,飞骑传送,历程数千里,到达京师时,色香味都还未变,可知一路传送的速度。

关于杨贵妃所吃的荔枝的来源,言人人殊,《杨妃外传》说贡自南海,杜诗中也说是南海与炎方;而张君房以为贡自忠州,苏东坡却说是涪州,都未肯定;可是《涪州图经》所载与当地人士声称,涪州有妃子园荔枝,即是进贡给贵妃吃的。又据蔡君谟《荔枝谱》说:"天宝中,妃子尤爱嗜,涪州岁命驿致。"又称:"洛阳取于岭南,长安来于巴蜀。"于是后人都深信此说,没有争论了。可是又有人证明其非,据说襄州人鲍防,天宝末举进士,那时明皇恰下诏飞骑递进南海荔枝,以七日七夜到达京师，鲍因作《杂感》诗云："五月荔枝初破颜，朝离象郡夕函关。雁飞不到桂阳岭，马走皆从林邑山。"这就是说贵妃所吃的荔枝是从南海去的，涪州之说又不可靠。

《唐书·礼乐志》称明皇临幸骊山时，逢杨贵妃生日，命小部在长生殿张乐，奏新曲上寿，一时还没有名称，恰巧南方进

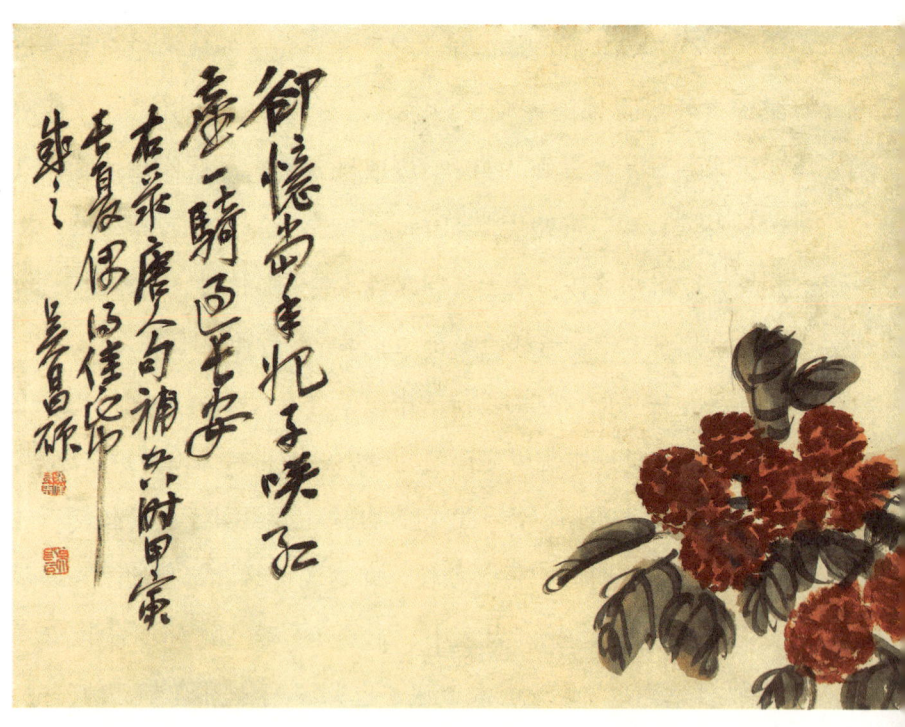

———— 图题：
    吴昌硕《一骑红尘妃子笑》

贡荔枝,因此就定名《荔枝香》。天宝中正月十五夜,明皇在常春殿撒闽江红锦荔枝,命宫人争相拾取以为戏,那么这又是贡自闽中的荔枝了。

关于杨贵妃吃荔枝的诗,自以唐杜牧《华清宫》一首最为传诵人口,诗云:"长安回首绣成堆,山顶千门次第开。一骑红

图注:

吴昌硕自题:"却忆当年妃子笑,红尘一骑过长安。右录唐人句补空,时甲寅长夏,偶得佳纸成之。"款:"吴昌硕。"

尘妃子笑,无人知是荔枝来。"最近岭南荔枝有妃子笑一种,即因此定名的。宋曾巩《荔枝》云:"玉润冰清不受尘,仙衣裁剪绛纱新。千门万户谁曾得,只有昭阳第一人。"明张燮《荔枝词》云:"长生殿上紫烟开,妃子红妆映酒杯。小部新声歌未了,岭南飞骑带香来。"这是咏及《荔枝香》新曲的。

杨贵妃病齿,据说就为了多吃荔枝内热太重之故。宋黄庭坚题杨贵妃病齿云:"多食侧生,损其左车。"侧生就是指荔枝。又,元杨维桢《宫词》云:"熏风殿阁日初长,南贡新来荔子香。西邸阿环方病齿,金笼分赐雪衣娘。"这是诗中有画,分明是一幅杨妃病齿图了。荔枝生于炎方,多吃确是太热,据说蜜浆可解,或以荔壳浸水饮之亦可。

清代洪昉思的《长生殿传奇》中,有《进果》一出,写贡使的劳苦,和一路上伤害人命、摧残庄稼的种种扰民之举,足见封建统治阶级的罪恶。《舞盘》一出,就是写明皇在杨贵妃生日寿宴初开进献荔枝,与梨园子弟歌舞祝寿情形,中有【杯底庆长生·倾杯序】〔换头〕唱词云:"盈筐,佳果香,幸黄封,远敕来川广。爱他浓染红绡,薄裹晶丸,入手清芬,沁齿甘凉。〔长生导引〕便火枣交梨应让。只合来万岁殿前,千秋筵上,伴瑶池阿母进琼浆。"这是杨贵妃的全盛时期,不料后来却有马嵬之变,"六军不发无奈何,蛾眉宛转马前死",那沁齿甘凉的荔枝,可就永远吃不成了。

图题：

于非闇《荔枝小鸟》

图注：

宋范成大《新荔枝四绝》（其一）：「甘露凝成一颗冰，露秾冰厚更芳馨。夜凉将到星河下，拟共嫦娥斗月明。」其二：「趁舶飞来不作难，红尘一骑笑长安。孙郎皱玉无消息，先破潘郎玳瑁盘。」

年来处处食西瓜

> 碧蔓凌霜卧软沙，年来处处食西瓜。

这是宋代范成大《咏西瓜园》诗中句。的确，年来每入炎夏，就处处食西瓜，而在果品中，也就成为西瓜的天下了。西瓜并非中国种，据说五代时胡峤入契丹，吃到了西瓜，而契丹是由于破了回纥得来的种子，以牛粪复棚而种，瓜大如斗，味甜如蜜，后由胡峤带回国来。因其来自西土，故名西瓜。性寒，可解暑热，因此又名寒瓜。

西瓜瓤有白、黄、红三色，皮有白、绿和白绿相间诸色，形有浑圆的，有如枕头的。上海浦东三林塘产三白瓜，因其皮白、瓤白、籽白之故，作浑圆形，味极鲜甜。浙江平湖产枕头瓜，绿皮黄瓤，鲜甜不让三白。北方以德州西瓜最负盛名，而品质之美，确是名下无虚。一九五〇年秋初，我因嫁女，从北京回苏，在德州、兖州、固镇三处火车站上，买了三个大西瓜带回来，都是白皮，作枕头形，一尝之下，自以德州瓜为第一，真的是甜如崖蜜，美不可言。

诗人们歌颂西瓜的不多，唐代贺方回《秋热》诗，有"西瓜足解渴，割裂青瑶肤"之句；元代方夔《食西瓜》诗，有"缕缕花衫沾唾碧，痕痕丹血掐肤红。香浮笑语牙生水，凉入衣襟骨有风"诸句；金代王予可句"一片冷裁潭底月，六湾斜卷陇头云"，也是为咏西瓜而作；据说宋代大忠臣文文山曾作《西瓜吟》，足为西瓜生色，惜未之见。

往年我在上海时，曾见过人家做西瓜灯，倒是一个很有趣的玩意。先把瓜蒂切去，挖掉了全部瓜瓤，在皮上精刻着人物花鸟，中间拴以粗铅丝和钉子，插上一支小蜡烛，入夜点上了火，花样顿时明显，很可欣赏。这玩意在清代乾嘉年间也就有了，词人冯柳东曾有《辘轳金井》一阕咏之云：

  冰园雨黑。映玲珑、逗出一痕秋影。制就团圆，满琼壶红晕。清辉四迸。正藓井、寒浆消尽。字破分明，光浮细碎，半丸凉凝。　　茅庵一星远近。趁豆棚闲挂，相对商茗。蜡泪抛残，怕华楼夜冷。西风细认。愿双照、秋期须准。梦醒青门，重挑夜话，月斜烟暝。

图题：

于非闇《瓜熟图》

图注：

于非闇自题：『乙酉秋七月，阴雨连绵，豁然晴朗，喜而作此。』款：『非闇。』

元方夔《食西瓜》：『恨无纤手削驼峰，醉嚼寒瓜一百筒。缕缕花衫粘唾碧，痕痕丹血掐肤红。香浮笑语牙生水，凉入衣襟骨有风。从此安心师老圃，青门何处向穷通。』

柿叶满庭红颗秋

我家庭院正中偏东一口井的旁边，有一株年过花甲的柿树，高高地挺立着，虬枝粗壮，过于壮夫的臂膀，为了枝条特多，大叶四展，因此布荫很广。到了秋季，柿子由绿转黄，更由黄转为深红，一颗颗鲜艳夺目，真如苏东坡诗所谓"柿叶满庭红颗秋"了。

柿是落叶乔木，高可达二三丈。每年春末发叶，作卵形，色淡绿，有毛，叶柄很短。夏初开黄花，花瓣作冠状，有雌性和雄性的区别。雌性的花落后结实，大型而作扁圆形的，叫作铜盆柿；较小而作浑圆形的，叫作金钵柿。我家的那株柿树，就是结的铜盆柿，今秋产量共有五百多只。可惜未成熟时，就被大风吹落了不少，成熟以后，被白头翁先来尝新，又损失了一部分，然而把剩余的采摘下来，除了分赠亲友外，也尽够我们一家大快朵颐了。在柿子未成熟的时候，皮色尚未转黄，而孩子们食指已动，那么我们就先摘下一二十颗，浸在盛着鸳鸯水（把沸水和冷水混合起来，叫作鸳鸯水）的钵子中，四面用

　　棉絮包裹，过了十天至半月取出，扦了皮吃，甘美爽脆，十分可口。至于皮色转黄而尚未转红的柿子，味涩不堪入口，必须用楝树叶焖熟，或放在米桶里过几天，也会成熟。柿子成熟之后，又酥又甜，实在是果中俊物。

　　古人对于柿树有很高的评价，说是有七绝：一长寿，二多荫，三无鸟巢，四无虫蛀，五霜叶可玩，六嘉实，七落叶肥大。这七点柿树确兼而有之，为它树所不及。只因落叶肥大，曾有人利用它来练字。据说唐代郑虔任广文博士，工诗善画，家贫，学书而苦于没有纸张，因慈恩寺有大柿树，树叶可布满几间屋子，他就借了僧房住下，天天取柿叶来写字，一年间几乎把整

株树上的叶片全都写遍了。他的书法终于大有成就，被夸为"郑虔三绝"的一绝。

　　成熟的柿子被称为烘柿，晒干而皮上生霜的被称为白柿。据李时珍说，烘柿并不是用火烘熟的，只须将青绿的柿子收放在容器中，自然红熟，好像烘过一样，涩味尽去，其甜如蜜。白柿就是生霜的干柿，做法将大柿压扁，日晒夜露，等它干了之后，藏在陶瓮里，到得皮上生了白霜才取出来，这就是柿饼，那白霜称为柿霜。据说患痔病的常吃柿饼，可以减轻；将柿子和米粉作糕饼，可治小儿秋痢，那么食物也可作药用了。

图题：

于非闇《柿子山鸟图》

图注：

于非闇自题：『辛巳九秋，稷园柿树红若丹火，用宋人法制于玉山砚斋。』

落款：『非闇。』

南朝梁庾仲容《咏柿诗》：『发叶临层槛，翻英糁花药。风生树影移，露重新枝弱。苑朱正葱翠，梁乌未销铄。』

图题： 于非闇《柿子图》

图注： 于非闇自题：「老舍家看菊花,见丹柿满树,亟图之。」款：「非闇七十岁。」唐刘禹锡《咏红柿子》：「晓连星影出,晚带日光悬。本因遗采掇,翻自保天年。」

仲秋的花与果

仲秋的花与果，是桂花与柿，其金黄色与朱红色把秋令点缀得很灿烂。在上海，除了在花店与花担上可以瞧到折枝的桂花外，难得见整株的桂树；而在苏州，人家的庭园中往往种着桂树，所以经过巷曲，总有一阵阵的桂花香，随着习习秋风飘散开来，飘进鼻官，沁入心脾。我的园子里也有三株桂树，一大二小，大的那株着花很繁，整日闻到它的甜香。到得花已开足，就采下来，浸了一瓶酒，以供秋深持螯之用；又渍了一小瓶糖，随时可加在甜点心的羹汤内，如汤山芋、糖芋艿、栗子、白果羹中，是非此不可的。

柿，大概各地都有，而上市迟早不同，有大小两种，大的称铜盆，小的称金钵盂。杭州有一种方柿，质地生硬，可削了皮吃。我园有一株大柿树，每年都是丰收，累累数百颗，趁它略泛红色时，就随时摘下来，用楝树叶铺盖，放在一只木桶里，过了十天到十五天，柿就软熟，可以吃了。味儿很甜，初拿出来，颗颗发热，像在太阳下晒过一般。

古书中说柿有七绝：一、树多寿，二、叶多荫，三、无鸟巢，四、少虫蠹，五、霜叶可玩，六、佳实可啖，七、落叶肥大，可以临书。这七绝确是实情，并不夸张。所说落叶肥大可以临书，有一段故事可以作证：唐代郑虔任广文博士时，穷苦得很，学书苦无纸张。知慈恩寺有大柿树，布荫达数间屋。他就借住僧房，天天取霜打的红柿叶作书，一年间全都写满。后来他又在叶上写诗作画，合成一卷进呈，唐玄宗见了大为赞许，在卷尾亲笔批道："郑虔三绝。"

柿初红时，也可作瓶供。某秋我曾从树上摘下一长一短两大枝，上有柿十余只，只因太重了，插在古铜瓶中方能稳定。我整理了它的姿态，供在爱莲堂中央的方桌上，历时即将一月，柿还没有大熟，却已红艳可爱。可惜叶片易于干枯，索性全都剪去，另行摘了带叶的大枝插在中间，随时更换，红柿绿叶，可以经久观赏。

图题:〔明〕吕纪《桂菊山禽图》

图注:而在苏州,人家的庭园中往往种着桂树,所以经过巷曲,总有一阵阵的桂花香,随着习习秋风飘散开来,飘进鼻官,沁入心脾。

——周瘦鹃《仲秋的花与果》

橘的天下

记得去年秋间,曾见报载,我国四川省所产的橘输出国外,每一吨可换回钢材十多吨,看了这消息,很为兴奋,心想我们尽可不吃橘子,尽量向外国去换回钢材来,那么对于重工业和国防建设,贡献实在太大了,因咏之以诗:"建国还须建国防,取材海外有良方。何妨不食千头橘,尽换铮铮百炼钢。"事实上我国各地橘的产量特大,所以入冬以来,大小城镇中的鲜果铺里和鲜果摊上的橘,满坑满谷,到处可见,仍然是橘的天下。

橘又名木奴,是常绿灌木,树身高丈余,茎间多刺,叶两头皆尖,夏初开小白花,清香可喜,入秋结实,初作绿色,经霜渐泛朱红色,那就成熟了。橘的名色很多,有塌橘、包橘、沙橘、绵橘、冻橘、油橘、乳橘、荔枝橘、穿心橘、自然橘等,都闻所未闻,现在怕已断种;还有一种绿橘,作绀碧色,不等到霜降之后,色味都好,冬间采下来时,还是新鲜可爱,这在苏州也是从未见过的。我们现在所能吃到的,就只有福橘、洞庭红、汕头蜜橘、厦门蜜橘、黄岩蜜橘、暹罗蜜橘、天台蜜橘，以及娇小玲珑而没有核的南丰贡橘了。

橘的产区最广，真的遍及天下，如苏州、台州、温州、漳州、福州、荆州等市以及四川、广东等省。而古书中所载，地区更多，如《吕氏春秋》说："果之美者，有江浦之橘。"《述异记》说："勾漏县有白橘、青柑。"又说："条阳山中有白橘花，色翠而实白，大如瓜，香闻数里。"《武夷山志》说："峰山有仙橘，小者如弹丸，其皮可食，大者如鸡卵，味尤甘。"《广州记》说："罗浮山有橘，夏熟，实大如李。"此外如长沙的善化县有橘洲，产橘极多，又常德也有橘洲，长二十里，是吴李衡种橘的所在。又巴县在刘先主时，设有橘官，这种官大概都是搜刮了好橘进贡皇家的，不用说都是扰民的了。看了古今来产橘地区之广，称为橘的天下，谁曰不宜？

关于橘的文献，也是在文学史上极有价值的，如我们的爱国大诗人屈原，就有一篇《橘颂》，不妨转录于此：

后皇嘉树，橘徕服兮。受命不迁，生南国兮。深固难徙，更壹志兮。绿叶素荣，纷其可喜兮。曾枝剡棘，圆果抟兮。青黄杂糅，文章烂兮。精色内白，类任道兮。纷缊宜修，姱而不丑兮。嗟尔幼志，有以异兮。独立不迁，岂不可喜兮。深固难徙，廓其无求兮。苏世独立，横而不流兮。闭心自慎，不终失过兮。秉德无私，参天地兮。愿岁并谢，与长友兮。淑离不淫，梗其有理兮。年岁虽少，可师长兮。行比伯夷，置以为像兮。

他如魏曹植、晋潘岳、梁吴均、宋谢惠连等都有《橘赋》，可见橘是如何地见重于骚人墨客了。

——— 图题：
〔宋〕马麟《橘绿图》

——— 图注：
宋苏轼《浣溪沙·咏橘》："菊暗荷枯一夜霜。新苞绿叶照林光。竹篱茅舍出青黄。　香雾噀人惊半破，清泉流齿怯初尝。吴姬三日手犹香。"

最是橙黄橘绿时

"一年好景君须记,最是橙黄橘绿时。"读了苏东坡这两句诗,不禁神往于三万六千顷太湖上的洞庭山,又不禁神往于洞庭山的名橘洞庭红。其实橙黄橘绿虽然好看,而一经霜打、满山红酣时,那才真的是一年好景哩。前几天孩子们从市上买来了几斤洞庭橘,争着尝新,皆大欢喜。我见橘色还是绿多红少,以为味儿一定很酸,谁知上口一尝,却没有酸味而有甜味,足见洞庭橘之所以会流芳千古了。

我说它流芳千古,倒并非夸张,原来远在唐代,洞庭橘就颇为有名,每年秋收之后,照例要进贡皇家,给独夫去尝新。当时曾有善于趋奉的近臣,写了两篇《洞庭献新橘赋》,歌颂一番。至于诗人们专咏洞庭橘的诗,那就更多了,例如韦应物的"书后欲题三百颗,洞庭须待满林霜";皮日休的"个个和枝叶捧鲜,彩凝犹带洞庭烟";顾况的"洞庭橘树笼烟碧,洞庭波月连沙白。待取天公放恩赦,侬家定作湖中客"。这一位诗人,为了热爱洞庭橘,竟想乞得天公恩赦,让他住到太湖上去了。

　　我园东部百花坡下有两株橘树,十余年前从洞庭西山移来,就是著名的洞庭红,可是因为不常施肥,结实不多;而盆植的一株,每年总结十多颗,经霜泛红之后,与绿叶相映,鲜艳可爱。橘树的好处,不但能结美果,而又好在叶片常绿,并且有香,用沸水加糖冲饮,香沁心脾。叶作长卵形,柄上有节,枝上有刺。夏季开白花,每朵五瓣,也带着清香。入秋结实,初绿后黄,经霜渐红,那就完全成熟了。橘皮香更浓郁,当你剥开皮来时,会喷出香雾沾在手指上,老是香喷喷的。

　　我国地大物博,产橘的地方多得很,并且橘的质量也有超过洞庭红的。过去我就爱吃汕头、厦门的大蜜橘,漳州的福橘,新会的广橘,天台山和黄岩的蜜橘;还有一种娇小玲珑的南丰橘,妙在无核,而肉细味甜,清代也是进贡皇家给少数人享受的,而现在早就像洞庭橘一样,颗颗都是归人民享受的了。

　　橘的繁殖方法，以嫁接为主，可用普通的枸橘作为砧木，于农历四月前后施行切接，倘用芽接，那么要在九月初施行。苗木生长很慢，必须在苗圃里培养二三年，才能露地定植。要用黏质壤土，而排水须良好，不需肥土，以免树势陡长，结实推迟。冬季不可施肥，入春施以腐熟的菜粕，帮助它发育成长。

　　橘的全身样样都有用，肉多丙种维生素，可浸酒、榨汁、制果酱。橘皮、橘核、橘络都可作药笼中物，有治病救人之功。

图题:
〔宋〕赵令穰 《橙黄橘绿图》

图注:
宋苏轼《赠刘景文》:"荷尽已无擎雨盖,菊残犹有傲霜枝。一年好景君须记,最是橙黄橘绿时。"

枣

我家后园西北角上原来有一株老枣树。它的树龄,大约像我一样,已过了花甲之年,而身子还是很好,年年开花结实,老而弥健。谁知一九五六年八月二日的夜晚,竟牺牲于台风袭击之下,第二天早上,就发现它倒在西面的围墙上,早已奄奄欲绝了。

我自抗日战争前住到这园子里来时,它早就先我而至。只因它站在后园的一角,地位并不显著,凡是到我家里来的贵宾们和朋友们从不注意到它。可是我每天在后门出入,总看到它直挺挺地站在那里,尤其是我傍晚回来的时候,刚走进巷口,先就瞧见了它,柔条细叶,在晚风中微微飘拂,似乎向我招呼道:"好!您回来了。"这几天我每晚回来,可就不见了它,眼底顿觉空虚,真的是怅然若有所失!

老朋友是从此永别了,幸而我早在三年前就把它的儿子移植到前园紫藤架的东面,日长夜大,现在早已成立,英挺劲直,

绰有父风，年年也一样地开花结实，勤于生产。去年还生了个儿子，随侍在侧，将来也定有成就。我那老朋友有了这第二代、第三代，也可死而无憾了。

枣别名木蜜，是落叶亚乔木，干直皮粗，刺多叶小，入春发芽很迟，五月间开小淡黄花，作清香。花落随即结实，满缀枝头，实作椭圆形，初青后白，尚未成熟，一熟就泛成红色，自行落下，鲜甜可口，是孩子们的恩物。

枣的种类很多，据旧籍所载，不下八十种，有羊枣、壶枣、丹枣、棠枣、无核枣、鹤珠枣、密云枣诸称，甚至有出在外国的千年枣、万岁枣和带有神话意味的仙人枣、西王母枣等，怪怪奇奇，不胜枚举。一九五〇年，我上北京去，在泰安车站上吃到一种芽枣，实小而味甜，可惜其貌不扬。我所最最爱吃的，还是北京加工制过的金丝大蜜枣，上口津津有味，腴美极了。

古代关于枣的神话很多，说什么吃了大枣异枣，竟羽化登仙而去，只能作为谈助，不可凭信。而枣的文献，魏、晋时期早就有了，唐代大诗人白乐天也有长诗加以赞美，结尾有云：

> 寄言游春客，乞君一回视。
> 君爱绕指柔，从君怜柳杞。
> 君求悦目艳，不敢争桃李。
> 君若作大车，轮轴材须此。

这就说出了枣树的朴素，不足以供欣赏，而它的木质很坚实，倒是材堪大用的。他如宋代赵抃有"枣熟房栊暝，花妍院落明"，黄庭坚有"日颗曝干红玉软，风枝牵动绿罗鲜"之句。而最有风致的，要推明代揭轨的一首《枣亭春晚》：

> 昨日花始开，今日花已满。
> 倚树听嘤嘤，折花歌纂纂。
> 美人浩无期，青春忽已晚。
> 写尽锦笺长，烧残红烛短。
> 日夕望江南，彩云天际边。

他的看法,又与白乐天不同,不过他是别有寄托,而借枣花来抒情的。

鲁迅先生在《秋夜》中曾对枣树加以描写:"枣树,他们简直落尽了叶子。先前,还有一两个孩子来打他们别人打剩的枣子,现在是一个也不剩了,连叶子也落尽了。他知道小粉红花的梦,秋后要有春;他也知道落叶的梦,春后还是秋。他简直落尽叶子,单剩干子,……而最直最长的几枝,却已默默地铁似的直刺着奇怪而高的天空,使天空闪闪地鬼眨眼;直刺着天空中圆满的月亮,使月亮窘得发白。"这一节是描写得很美的。我后园里的老枣树,也有这样的景象。可是从此以后,它不会再默默地铁似的直刺着奇怪而高的天空了。

说也奇怪!我满以为这株老枣树已被台风杀死了,谁知过了一年,忽又复活,尽管大部分的根已经拔起,而小部分还在地下;尽管倒在墙上,分明已没了生机,而不知怎的,经过了杏花春雨,那梢上的枝条,竟发起叶来,依然是青翠可爱,任台风怎样凶狠,也杀不了它。它竟复活了,而且将顽强地活下去,无限期地活下去。

图题：

〔清〕吴求 《豳风图·八月剥枣》

图注：

西晋傅玄《枣赋》："有蓬莱之嘉树，植神州之膏壤；擢刚茎以排虚，诞幽根以滋长。北阴塞门，南临三江；或布燕赵，或广河东。既乃繁枝四合，丰茂蓊郁；斐斐素华，离离朱实；脆若嚼雪，甘如含蜜。脆者宜新，当夏之珍；坚者宜干，荐羞天人。有枣若瓜，出自海滨；全生益气，服之如神。"

蔗浆玉碗冰泠泠

蔗浆玉碗冰泠泠。

这是元代顾瑛的诗句。从这七个字中，我们可以体会到，用玉碗盛着蔗浆喝，其冰冷沁齿的意味，顿时觉得馋涎欲滴。所谓蔗浆，就是现代的甘蔗露，在苏州市的街头巷口，几乎到处可以喝到。"蔗浆"二字，唐代已经沿用，杜甫诗中有"茗饮蔗浆携所有"句，王维诗也有"大官还有蔗浆寒"之句。宋代钱惟演句"蔗浆销内热"，陆游句"蔗浆那解破余酲"。可见唐宋时期的人，就很爱喝蔗浆了。

老年人齿牙摇落，不能大嚼甘蔗，于是以蔗浆为恩物。前几年暮春三月，苏州的许多水果铺、水果摊就开始供应蔗浆了。旧时用木制的榨床，把切成的段头榨出浆来，现在改用了金属的压榨机，更觉便利而清洁。现榨现卖，盛以玻璃杯，大杯一角五分，小杯九分，全市一律如此。我也偏爱蔗浆，觉得比汽

——图题:
〔东晋〕顾恺之 《女史箴图》(局部)

水更为甘美适口,并且有消除内热的功效。从前甘蔗以广东所产的最为著名,而浙江塘栖的产品也不坏;苏州的蔗浆,大都是用塘栖甘蔗来榨成的。据说以上海之大,却喝不到蔗浆,所以上海人来游苏州,就要大喝一下,这是水果铺中人告知我的。

甘蔗榨过了浆而剩下来的渣,晒干了原可当燃料用,或者就丢掉了。可是在十余年前,美国加利福尼亚州有一个糖厂中的职员名唤甘来南尔生的,在甘蔗渣中发现了大量坚韧的纤维质素,费了一年多的心力,发明了一种甘蔗砖。这是他在纤维质素中加入了硫磺、土沥青油和其他几种化学原料,在空气的重压力下压制而成的。经过试验之后,证实用一块一公尺见方

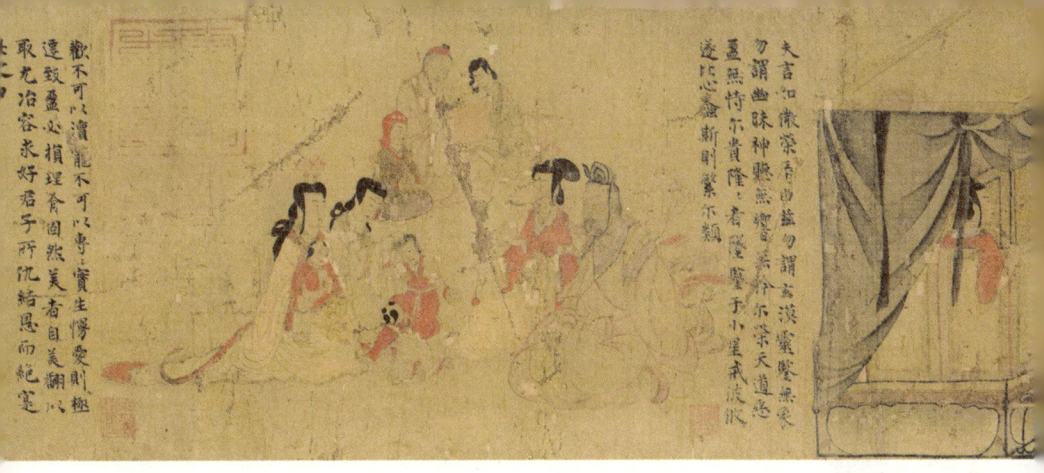

图注：

晋代大画家顾恺之，每嚼甘蔗，总从梢尾嚼到老头，人以为怪。他说："渐入佳境！"因此俗有"甘蔗老头甜"之说。——周瘦鹃《蔗浆玉碗冰泠泠》

的甘蔗砖，放在一辆二十吨重的碾路车辆下连续压碾七次，并未压碎，可见其坚韧了。当时就由十多处筑路局，采用了这甘蔗砖，作为筑路的材料。营造厂中也大量采用，因砖面多孔，可以调和声响，没有回声，所以用来建造剧场、音乐厅和电影院，都是非常适宜的。

晋代大画家顾恺之，每嚼甘蔗，总从梢尾嚼到老头，人以为怪。他说："渐入佳境！"因此俗有"甘蔗老头甜"之说；而老年人处境好的，亦称"蔗境"。我们老一辈的人，眼见得祖国欣欣向荣，老怀欢畅，也可说是"甘蔗老头甜"了。

浆甜蔗节调

晋代大画家顾恺之，每吃甘蔗，往往从蔗尾吃到蔗根，人以为怪，他却说是"渐入佳境"。原来越吃到根，味儿越甜，因此俗谚也有"甘蔗老头甜"之说。

甘蔗是多年生草本，高达六七尺至一丈外，茎直很像竹子，粗可数寸，每茎五六节、八九节不等。叶狭而尖，形似芦叶，长二三尺，纷披四垂。茎顶抽出花来，花序作圆锥形，要是不到蔗田里去实地观察，是不容易看到的。我国江、浙、闽、广各地都有广大的蔗田，以广东的青皮蔗和红皮蔗为最著，个子粗壮，汁多而味甜；浙江塘栖的青皮蔗，个子较细，而汁特多，最宜于榨浆，过去我们在苏州市上所喝到的蔗浆，全是取自于塘栖甘蔗的。

我国在唐代以前，就有喝蔗浆的习惯。蔗浆见于文字的是宋玉的《招魂篇》，所谓"胹鳖炮羔，有柘浆些"，这柘浆就是说的蔗浆。后来历代诗人的诗歌中，咏及蔗浆的，更屡见不鲜，例如白居易的"浆甜蔗节调",陆游的"蔗浆那解破余酲",庞铸的"蔗蜜浆寒冰皎皎",顾瑛的"蔗浆玉碗冰泠泠"等;而晋代张协的《都蔗赋》中,曾有"挫斯蔗而疗渴,共漱醴而含蜜,清津滋于紫梨,流液丰于朱橘"之句,对于蔗浆更大加歌颂,说它是超过梨汁和橘汁了。有人以为喝蔗浆虽好,却不如咀嚼蔗肉,其味隽永,但我们上了年纪而齿牙不耐咀嚼的,那么一盏入口,甘美凉爽,觉得比汽水、果露更胜一筹。

甘蔗对我们最大的贡献,还不是浆而是糖。考之旧籍,利用甘蔗来制糖,是从唐代开始的。唐太宗派专使到摩揭陀国取熬糖法,诏令扬州上诸蔗如法榨汁,制成糖后,色味超过西域,然而这只是后来的砂糖,并非糖霜。糖霜的制作,大约开始于唐代大历年间,这里有一段神话,可作谈助。据说,那时有一个号称邹和尚的僧人,跨白驴登伞山,结茅住了下来,日常需要盐米薪菜时,总写在纸上,系着钱币,差遣白驴送到市上去。市人知是邹和尚所指使的,就按价将各物挂在鞍上,由它带回山去。有一天,白驴踏坏了山下黄家蔗田中的蔗苗,黄家要和尚赔偿。和尚说:"你不知道用蔗来制成糖霜,利市千倍;我这样启发了你,就作为赔偿可好?"后来试制以后,果然大获其利,从此就流传开了。王灼作《糖霜谱》,说杜蔗即竹蔗,薄皮绿嫩,味极醇厚,是专门用来制作糖霜的。

茶与咖啡

我今贫病常苦饥,分无玉碗捧蛾眉。
且学公家作茗饮,砖炉石铫行相随。
不用撑肠拄腹文字五千卷,但愿一瓯常及睡足日高时。

〔宋〕苏轼《试院煎茶》

茶话

茶,是我国的特产,吃茶也就成了我国人民特有的习惯。无论是都市,还是城镇,以至乡村,几乎到处都有大大小小的茶馆,每天自朝至暮,几乎到处都有茶客,或者是聊闲天,或者是谈正事,或者搞些下象棋、玩纸牌等轻便的文娱活动,形成了一个公开的群众俱乐部。

茶有茗、荈、槚几个别名。据《尔雅》说,早采者为茶,晚取者为茗,荈和槚是苦荼。吃茶的风气始于晋代。晋人杜育写过一篇《荈赋》,对于茶大加赞美。到了唐代,那就盛行吃茶了。

茶树的干像瓜芦,叶子像栀子,花朵像野蔷薇,有清香,高一二尺。江苏、浙江、福建、安徽各省,都是茶的产地,如碧螺春、龙井、武夷、六安、祁门等各种著名的绿茶、红茶,都是我们所熟知的。茶树都种于山野间,可是喜阴喜燥,怕阳光怕水,倘不施粪肥,味儿更香。绿茶色淡而香清,红茶色、香、味都很浓郁,而味带涩性。绿茶有明前、雨前之分,是照着采茶的时期而定名的,采于清明节以前的叫作明前,采于谷雨节以前的叫作雨前,以雨前较为名贵。茶叶可用花窨,如茉莉、珠兰、玫瑰、木樨、白兰、玳玳都可以窨茶,不过花香一浓,就会冲淡茶香,所以窨花的茶叶,不必太好,上品的茶叶,是不需要借重那些花的。

吃茶有什么好处,谁也不能肯定。茶可以解渴,这是开宗明义第一章。有的人说它可以开胃润气,并且助消化,尤以红茶为有效。可是卫生家却并不赞同,以为茶有刺激神经的作用,不如喝白开水有润肠利便之效。但我们吃惯了茶的人,总觉得白开水淡而无味,还是要去吃茶,情愿让神经刺激一下的。

唐朝的诗人卢仝和陆羽,可说是我国提倡吃茶的有名人物,昔人甚至尊之为茶圣。卢仝曾有一首长歌,谢人寄新茶,其下半首云:

> 柴门反关无俗客,纱帽笼头自煎吃。
> 碧云引风吹不断,白花浮光凝碗面。
> 一碗喉吻润,两碗破孤闷。
> 三碗搜枯肠,惟有文字五千卷。
> 四碗发轻汗,平生不平事,尽向毛孔散。

图题：

〔元〕钱选《卢仝烹茶图》

图注：

唐卢仝《走笔谢孟谏议寄新茶》（部分）：『柴门反关无俗客，纱帽笼头自煎吃。碧云引风吹不断，白花浮光凝碗面。一碗喉吻润，两碗破孤闷。三碗搜枯肠，惟有文字五千卷。四碗发轻汗，平生不平事，尽向毛孔散。五碗肌骨清，六碗通仙灵。七碗吃不得也，唯觉两腋习习清风生。』

五碗肌骨清，六碗通仙灵。
七碗吃不得也，唯觉两腋习习清风生。

夸张吃茶的好处，写得十分有趣，因此，"卢仝七碗"也就成了后人传诵的佳话。陆羽字鸿渐，有文学，嗜茶成癖，著《茶经》三篇，源源本本地说出茶之原、之法、之具，真是一个吃茶的专家。宋朝的诗人如苏东坡、黄山谷、陆放翁等，也都是爱茶的，他们的诗集中，有不少歌颂吃茶的作品。

制茶的方法，红、绿茶略有不同，据说要制红茶时，可将采下的嫩叶铺满在竹席上，放在阳光中曝晒。晒一会，便搅拌一会，等到叶子晒得渐渐萎缩时，就纳入布袋揉搓一下，再倒出来曝晒，将水分蒸散。然后装在木箱里，一层层堆叠起来，重重压紧，用布来遮在上面。等到它变成了红褐色透出香气来时，再从箱里倒出来晒干，放在炉火上烘焙。经过了这几重手续，叶子已完全干燥，而红茶也就告成了。制绿茶时，先将采下的嫩叶放在蒸笼里蒸一下，或铁锅上炒一下。到它带了黏性而透出香气来时，就倒出来，铺散在竹席上，用扇子把它用力地扇。扇冷之后，立即上炉烘焙，一面烘，一面揉搓，叶子就逐渐干燥起来。最后再移到火力较弱的烘炉上，且烘且搓，直到完全干燥为止，于是绿茶也就告成了。

过去我一直爱吃绿茶,而近一年来,却偏爱红茶,觉得醇厚够味,在绿茶之上。有时红茶断档,那么吃吃洞庭山的名产绿茶碧螺春,也未为不可。

在明代时,苏州虎丘一带也产茶,颇有名,曾见之诗人篇章。王世贞句云:"虎丘晚出谷雨候,百草斗品皆为轻。"徐渭句云:"虎丘春茗妙烘蒸,七碗何愁不上升。"他们对于虎丘茶的评价,都是很高的。可是从清代以至于今,就不听得虎丘产茶了。幸而洞庭山出产了碧螺春,总算可为苏州张目。碧螺春的特点,是叶子都蜷曲,用沸水一泡,还有白色的细茸毛浮起来。初泡时茶味未出,到第二次泡后呷上一口,就觉得"清风自向舌端生"了。

从前一般风雅之士,将吃茶称为品茗。原来他们泡了茶,并不是一口一口地呷,而是像喝贵州茅台酒、山西汾酒一样,一点一滴地在嘴唇上"品"的。在抗日战争以前,我曾在上海被邀参加过一个品茗之会。主人是个品茗的专家,备有他特制的"水仙""野蔷薇"等茶叶,并且有黄山的云雾茶。所用的水,据说是无锡运来的惠泉水,盛在一个瓦铛里,用松毛、松果来生了火,缓缓地煎。那天请了五位客,连他自己一共六人。一只小圆桌上,放着六只像酒盅般大的小茶杯和一把小茶壶,是白地青花瓷质的。他先用沸水将杯和壶泡了一下,然后在壶中

满满地放入茶叶,据说就是"水仙"。瓦铫水沸之后,就斟在茶壶里,随即在六只小茶杯里各斟一些些,如此轮流地斟了几遍,才斟满了一杯,于是品茗开始了。我照着主人的方式,啜一些在嘴唇上品,啧啧有声。客人们赞不绝口,都说:"好香!好香!"我也只得附和着乱赞,其实觉得和我们平日所吃的龙井、雨前是差不多的。听说日本人吃茶特别讲究,也是这种方式,他们称为"茶道"。吃茶而有道,也足见其重视的一斑。我以为这样的吃茶,已脱离了一般劳动人民的现实生活,实在是不足为训的。

图题：

〔明〕仇英《赵孟頫写经换茶图卷》（画后有文徵明手书《摩诃般若波罗蜜多心经》）

图注：

明文彭（文徵明长子）题于《摩诃般若波罗蜜多心经》左侧："逸少书换鹅，东坡书易肉，皆成千载奇谈。松雪以茶戏恭上人，而一时名公咸播，歌咏其风流雅韵。岂出昔贤下哉？然有其诗而失是经，于舜请家君为补之，遂成完物。"款："癸卯仲夏文彭谨题。"

洞庭碧螺春

洞庭东西二山，山水清嘉，所产枇杷、杨梅，甘美可口，名闻天下；而绿茶碧螺春尤其特出，实在西湖龙井之上，单单看了这名字，就觉得它的可爱了。

碧螺春原是野茶，产于东山碧螺峰的石壁上。据说它的种子是由山禽衔来，掉在那里的。每年谷雨节前，山中人前去摘了茶叶，用竹筐子装回来，以作日常饮料，数十年间，并不重视。清康熙某一年，因产量特多，竹筐子装不下了，大家把多余的纳在怀中，不料茶叶受了热，发出一种异香，采茶的男女们闻到了，都说是"吓杀人香"。原来"吓杀人"是苏州的俗语，借来夸张它香气的浓郁。于是众口争传，作为茶名。从此年年谷雨节，男女们先得沐浴更衣，同去采茶，索性不用竹筐，都把茶叶纳在怀中了。清帝康熙南巡时，曾到太湖，巡抚宋牧仲买了这茶叶献上去，康熙以为"吓杀人香"这名字太俗了，就给改作碧螺春。后来地方官每年总得采办一批进贡，名为茶贡，那时因产量不多，只让独夫享受，民间是不容易尝到的。

我很爱此茶，每年入夏以后，总得尝新一下。沸水一泡，就有白色的茸毛浮起，叶多蜷曲，作嫩碧色，上口时清香扑鼻，回味也十分隽永，如嚼橄榄。清代词章家李莼客曾有《水调歌头》一阕加以品题云：

> 谁摘碧天色，点入小龙团？太湖万顷云水，渲染几经年。应是露华春晓，多少渔娘眉翠，滴向镜台边。采采筠笼去，还道黛螺奁。　龙井洁，武夷润，岕山鲜。瓷瓯银碗同涤，三美一齐兼。时有惠风徐至，赢得嫩香盈抱，绿唾上衣妍。想见蓬壶境，清绕御炉烟。

他把碧螺春的色香和曾经进贡的一回事都写了出来，可是没有写到茶叶采下之后，是曾经在采茶人的怀中亲热过的。

某一年七月七日新七夕的清晨七时，苏州市文物保管会和园林管理处同人，在拙政园的见山楼上，举行了一个联欢茶话会。品茶专家汪星伯同志忽发雅兴，前一晚先将碧螺春用桑皮纸包作十余小包，安放在莲池里已经开放的莲花中间，早起一一取出冲饮。先还不觉得怎样，到得二泡三泡之后，就莲香沁脾了。我们边赏楼下带露初放的朵朵红莲，边啜着满含莲香

————**图题**：

〔明〕唐寅《斗茶图》

————**图注**：

翠盖红裳艳若霞，茗边吟赏乐无涯。卢仝七碗寻常事，输我香莲一盏茶。

——周瘦鹃《洞庭碧螺春》

的碧螺春，真是其乐陶陶！我就胡诌了三首诗，给它夸张一下：

玉井初收梅雨水，洞庭新摘碧螺春。
昨宵曾就莲房宿，花露花香满一身。

及时行乐未为奢，隽侣招邀共品茶。
都道狮峰无此味，舌端似放妙莲花。

翠盖红裳艳若霞，茗边吟赏乐无涯。
卢仝七碗寻常事，输我香莲一盏茶。

末二句分明在那位十足老牌的品茶专家面前骄傲自满，未免太不客气。然而我敢肯定他老人家断断不曾吃过这种茶，因为那时碧螺春还没有发现，何况它还在莲房中借宿过一夜的呢；可就尽由我放胆地吹一吹法螺了。

图题:〔明〕文徵明《品茶图轴》

图注:文徵明自题:『碧山深处绝纤埃,面面轩窗对水开。谷雨乍过茶事好,鼎汤初沸有朋来。嘉靖辛卯,山中茶事方盛,陆子傅过访,遂汲泉煮而品之,真一段佳话也。』款:『徵明制。』

咖啡谈屑

　　一九五五年仲夏莲花开放的时节，出阁了七年而从未归宁过的第四女瑛，偕同她的夫婿李卓明和儿子超平，远迢迢地从印度尼西亚共和国首都雅加达城赶回来了。执手相看，疑在梦里！她带来了许多吃的、穿的、用的和玩的东西，内中有一方听雪白的砂糖和一方听浓香的咖啡粉。她是一向知道老父爱好这刺激性的饮料的。据她说，在印尼，无论是土著或侨民，都以咖啡代茶喝，往往不放糖和牛乳。好在咖啡豆磨成了粉末，只须用沸水冲饮，极为方便。我已好久喝不到好咖啡了，这时如获至宝，欢喜无量！从去夏到今春，每星期喝两次，还没有喝完。有时精神稍差，就得借它来刺激一下。

　　咖啡是热带的产物，南美洲的巴西国向以咖啡著名，而印尼所产也着实不坏。树身高约二丈，叶对生，作椭圆形，尖如锥子，开花作白色，香很浓烈。花谢结实，像黄豆那么大，采下来焙干之后，就可磨细煎饮了。

远在十五世纪，在一位阿拉伯作家的文章中，已详述咖啡的种植法；而第一株咖啡树，却发现于阿拉伯半岛西南角的某地。后来咖啡的种子外流，就普及于其他地区，成为世界饮料中的恩物，可以和我国的红茶、绿茶分庭抗礼。

咖啡是舶来品，是比较新的东西，所以我国古代的诗人词客，从没有把它作为吟咏的题材。到了清代，咖啡随欧风美雨而东来，遍及大都市，于是清末的诗词中，也可看到咖啡了。如毛元征的《新艳》诗云：

饮欢加非茶，忘却调牛乳。
牛乳如欢甜，加非似侬苦。

潘飞声《临江仙》词云：

第一红楼听雨夜，琴边偷问年华。画房刚掩绿窗纱。停弦春意懒，侬代脱莲靴。　也许胡床同靠坐，低教蛮语些些。起来新酌加非茶。却防憨婢笑，呼去看唐花。

我也有一阕《生查子》词：

> 电影上银屏，取证欢侬事。脉脉唤甜心，省识西来意。
> 积恨不能消，狂饮葡萄醉。更啜苦加非，绝似相思味。

其实咖啡虽苦，加了糖和牛乳，却腴美、芳香兼而有之。相思滋味，有时也会如此，过来人是深知此味的。

咖啡馆的创设，还在十五世纪中叶，阿拉伯的城市中，到处都有咖啡馆，因为从沙漠里来的行商骆驼队，都跋涉长途，口渴不堪，就得上咖啡馆来解解渴，于是咖啡馆风起云涌，盛极一时。一般阿拉伯人渐渐地爱上了咖啡馆，日常聚集在那里，聊聊天，取取乐，以致耽误了正当的工作。甚至政治上的阴谋，也从咖啡馆中产生出来，一时闹得乌烟瘴气。于是掌握政权的主教们大发雷霆，下令取缔咖啡馆，凡是上咖啡馆去喝咖啡的人都要处刑。当时君士坦丁等各地的咖啡馆纷纷倒闭，而在阿拉伯最最著名的咖啡"摩加"，之前曾专卖了二百多年，当时几乎没有人问津，只得另找出路，流入了意大利的水城威尼斯。

十六世纪的中叶，法京巴黎的咖啡馆多至二千家。而英京伦敦更多至三千家，虽曾经过一次大打击，被迫关门，后来又卷土重来，变本加厉，甚至喊出了口号："我们要从咖啡馆中改造出新的伦敦，新的英吉利来！""咖啡馆是新伦敦之母！"也足见其对于咖啡馆的狂热了。

苏州在日寇盘踞的时期，也有所谓咖啡馆，门口贴着"欢迎皇军"的招贴，由一般荡女淫娃担任招待，丑恶已极！我偶然回去探望故园，一见之下，就疾首痛心，掩面而过。那时老画师邹荆盦前辈已从香山回到城中故居，他是爱咖啡成癖的，秘藏着好几罐名牌咖啡，而以除去咖啡因的"海格"一种为最。我们痛定思痛，需要刺激，他老人家就亲自煎了一壶"海格"，相对畅饮。我口占小诗三绝句答谢云：

卢仝七碗浑闲事，一盏加非意味长。
苦尽甘来容有日，借它先自灌愁肠。

白发邹翁风雅甚，丹青写罢啜加非。
明窗静看丛蕉绿，月季花开香满衣（翁喜种月季花）。

瓶笙声里炎炎火，彝鼎纷陈闻妙香。
我欲晋封公莫却，加非壶畔一天王。

原来苏州人多爱喝茶，爱咖啡的不多，像邹老那么罗致名品，并且精其器皿的，一时无两，真可称为咖啡王了。他老人家去世多年，音容宛在。我每对咖啡，恨不能起故人于地下，和他畅饮一番，并对他说：现在苦尽甘来，与国同休，喝了咖啡，更觉兴奋，不再要借它来一灌愁肠了。

盆景与园艺

仿佛烟霞生隙地,
分明日月在壶天。
旁人莫讶胸襟隘,
毫发从来立大千。

〔元末明初〕丁鹤年《此子景》

岁朝清供

（一）

春节例有点缀，或以花木盆景，或以丹青墨妙，统称之为岁朝清供。我以花木盆景作岁朝清供，行之已久。就是在"八一三"国难临头、避寇皖南时，索居山村中，一无所有，然而也多方设法，不废岁朝清供。那时我在寄居的园子里，找到了一只长方形的紫砂浅盆，向邻家借了一株绿萼梅，再向山中掘得稚松、小竹各一，合栽一盆，结成了岁寒三友。儿子铮助我布置，居然绰有画意。我欣赏之余，以长短句宠之，调寄《谒金门》云：

苔砌左，翠竹青松低窜。借得绿梅枝矮婿，一盆栽正妥。　旧友相依差可，梅蕊弄春无那。计数只开花十朵，瘦寒应似我。

原来这一株绿梅,先天不足,后天失调,一共只开了十朵花。这乱离中的岁朝清供,真是够可怜的了!

一九五五年的岁朝清供,我是在大除夕准备起来的。以梅、兰、竹、菊四小盆,合为一组,供在爱莲堂中央的方桌上,与松、柏等盆景分庭抗礼。梅一株,种在一只梅花形的紫砂盆中,含蕊未放,花虽稀而枝亦疏,干虽小而中已枯,朋友们见了,都说它是少年老成。兰一丛,着花五六朵,已半开,风来时幽香微度。竹是早就种好了的,高低疏密,恰到好处,这一次严寒袭来,虽经冰冻,却还青翠可爱。菊是小型的黄色文菊,插在一只明代瓯瓷的长方形浅盆中,灌以清水,伴以蒲石,虽曾结冰三天,依然无恙,它不但傲霜,并且傲冰了。此外有天竹、蜡梅各三四枝,用水养在一只长方形的大石盆中,庋以红木高几,落地安放。蜡梅之下,放着一块横峰大层岩石,更有紫竹一小株,从石后斜出,倒映水中。这一盆早就制成,本是庆祝一九五五年元旦的,那时蜡梅大半含蕊,现在却已全放,正可作春节的点缀了。在这大石盆前,着地放着一个蜡梅盆景,老干虬枝,足有六七十年的树龄,今年着花不多,已在陆续开放,色香都妙。我曾有绝句一首咏之:

蜡梅老树非凡品,檀色素心作靓妆。

纵有冬心橡样笔，能描花骨不描香。

古画中曾有"岁朝清供"这个专题，名家作品很多，都是专供春节张挂的。我也藏有清代计担石、张猗兰等好几幅，所绘花果中，都含有善颂善祷之意。最难得的，有苏州的十六位画师给我合作的一幅大中堂，由邹荆盦作胆瓶天竹、水仙，陈负苍作松枝、山茶，余彤甫作石，周幼鸿作菖蒲，朱竹云作书卷，张星阶作老梅，蔡震渊作紫砂盆，张晋作柏枝、万年青，朱犀园作竹，柳君然作百合、柿子、如意，程小青作荸荠、橄榄，韩天眷作蜡梅，谢孝思作宝珠山茶，乌叔养作橘，蒋乐山作菱，卢善群作盂，命名为"岁朝集锦"，由范烟桥题记云：

丁亥之秋，集于紫罗兰盦。琴樽余韵，逸兴遄飞，以素楮为岁朝图，迓新庥也。

我每逢春节，总得张挂此画，并以陈曼生所书"每行吉祥事，常生欢喜心"一联为配。联用珊瑚笺，朱色烂然，很适合于点缀春节。

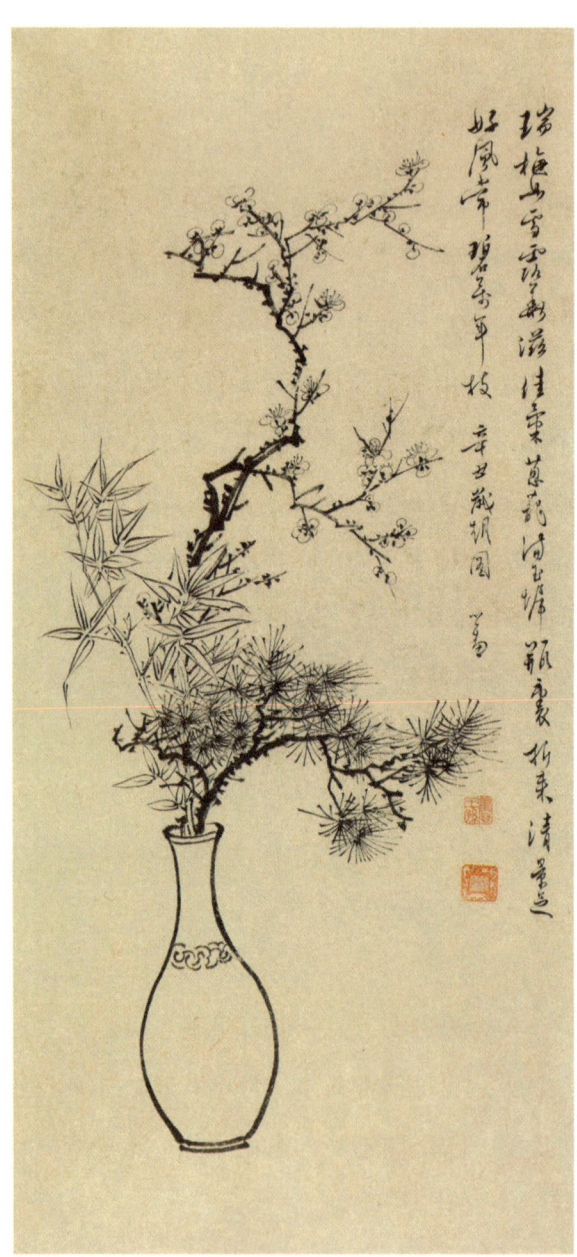

图题：溥心畬《岁朝图》

图注：溥心畬自题：「瑞梅如雪露华滋，佳气葱茏满玉墀。瓶里折来清景足，好风常碧万年枝。」款：「辛丑岁朝图。心畬。」

图题：〔清〕赵之谦《岁朝清供》

图注：赵之谦自题：「富贵仟春，万事如意。梅垞仁兄大人属写岁朝清供，同治戊辰除夕，㧑叔弟谦作。」

（二）

岁首，寒梅含苞待放，和松、竹结成了岁寒三友，天竹、蜡梅联袂登场，水仙花蕊挺生，衬着绿叶，很有精神，万年青结子猩红，吉祥草碧绿照眼……又是一番新气象！如此好花草，正好作岁朝清贡。

一、梅：古今来诗人墨客，多以梅花为俊品，宋代和靖先生林逋氏更为著名。当其高隐孤山时，手植梅树无数，妻梅子鹤，传为千古佳话，梅之名因而益彰。梅花性耐寒，在严风冰雪中开放，占百花之先，色泽的美艳，香韵的清幽，自可称之为花中的魁首。

梅在古代已有栽培，我国古书中都有关于梅的记载。如《诗经》上载"摽有梅"，又如《图经》上云"梅实生汉中川谷"，因此可知梅的栽培，已有三千年悠久的历史。它性喜干湿相宜的气候，因此长江流域一带所植最广。土质以砂质壤土为宜，求其排水便利，栽于倾斜之地最妙。

梅有地栽与盆栽之别。前者栽以收果或供观赏，后者只供观赏。九十月或一二月间移植最妥，栽以五六年生的，已能开花，倘苗木过于幼小，望其生花，须有耐心。要是栽以收果，花谢后即须整枝，否则老枝密生，又生新枝，密上加密，老枝日渐枯死，新枝也渐见瘦弱，所以将不必要的老枝一并剪除，枝疏叶稀，结果特大，生长良好。肥料每年施一二次，人粪最好，豆粕次之，于腊月内施一次，收果后再施一次，来年着花更繁。花市上盆梅最多，但以自然姿态为佳，尤忌人工攀扎。可惜出售者多为苏州的屏风梅、扬州的疙瘩梅，这就是病梅，盆梅终以自然姿态的，方称上品。有爱花者见苍老的盆梅，爱不忍释，可是不知栽培之法，徒唤奈何，因将盆梅栽培的心得，略述于下，以供参考。

1. 翻盆：当花谢后，约于三月初旬，择一天晴之日，即行翻盆。全株从盆中拔起，略去宿土，并依自然的姿势，剪除无用的枝条，枯根用快剪剪去，将根棻直晒于日光之下。一二小时后，阳面土已干，翻其阴面再晒四五小时即可。

2. 择盆：倘求工作简便，可择泥盆。盆须洗净晒干，使盆壁的细孔皆通，空气与水分即能自由渗透。倘栽梅素有经验的，用细盆亦可。

盆中用土最好于隔年腊月中先行准备，但在城市中无法配制，倘有松土，便可一用。

3. 上盆：盆底必须有孔，孔多少不定，每一孔需盖二三碎盆片或瓦片，两片近孔口，一大片覆于两片上面，恰将孔口覆没为度。盆深的加底土一二寸，浅的加土以覆没瓦片为宜。然后依树势而上盆，再加土，于根棻四周稍加镇压，使干不动，加土齐盆口，低下一寸左右，将土覆没露面的支根为度，不可过深。随后灌以浓粪水，满盆口。要是盆小，可浇三次，大盆浇一次已足，务使全盆的土都能充分渗透粪水，否则日后灌水不能透入盆底，以致梅干枯死。

4. 置所：向南通风，日光充足，地势高燥，盆须用板或砖搁起，以防蚯蚓入盆。

5. 灌水：当第一次灌粪水后，次日即须灌以清水，俗呼还水。水宜灌足，以后不浇则已，浇则必求清水齐盆口。看气候的干湿，再定灌水的次数。通常，暑天每天早晚二次，平日一天一次，冬季数天一次，务必等盆土干燥后方可灌水。

6. 管理：二星期后，老干即抽嫩芽，当达一二寸时，若有两芽相并而生，须剔去其不必要的。黄梅时期是孕花芽胚粒的时期，须略带干，叶落后再施追肥，助其花蕾发育。枝条有生得不美的，略加人工剪裁，随心所欲，以完成其自然的姿态。枝条宜少忌繁，务合"疏影横斜"的画意，方可称为上品。

二、松：朔风凛冽，大雪纷飞，百木都不堪蹂躏，叶落枝枯，充满了肃杀的气象。唯有百木中的松，叶叶苍翠，老干挺立，枝条坚韧，既不怕风吹，也不怕雪压，冰冻霜打，也并不在意，自有一种坚毅不拔、不屈不挠的精神。古人有云："岁寒，然后知松柏之后凋也。"给予它一个很高的评价。

图题：

吴昌硕《岁朝清供》（一）

图注：

吴昌硕自题：『神仙贵寿多子团员，岁朝清供美意延年。』款：『戊午春孟，写毕自读，略似孟皋设色。七十五叟吴昌硕，时客芦子城北隅。』

盆松终年可玩，入冬叶仍苍翠，世人都以为栽培不易，若得其性，实在不难。盆松用土务必排水佳良。土来自浙江，俗呼山泥，色黑，富腐殖质，取七份和以鱼眼砂三份，栽松最为相宜。用盆以泥烧的为佳，虽不美观，然而于培植期内，利于排水，可望其易于生长。入冬套以细盆，仍可观赏。翻盆于春分前行之，此时新根尚未发动，稍加损伤，也没有关系。根有细腐的，应当剪除，略晒日光，待土稍干，即可上盆。种宜浅，倘盆嫌深，盆底多填碎盆片，再加小半盆煤屑，上铺棕皮，其上放山泥一二寸，便将根棄放入，再加山泥，用竹竿镇实，不使干木动摇，土覆没根棄，即成。灌足清水后，放在通风向阳处，土不干不可灌水。黄梅时节，灌水更宜减少。入冬施以人粪尿一次已足，不必多施，否则松针易长，更易引起虫害，是得不偿失的。

三、竹：竹的好处，乃在虚心节坚，竿直外洁，性体刚强，筠色润贞，异于草木，值霜雪而不凋，历四时而长茂；风来自成清籁，雨打更发幽音，倘于书斋窗前，偶栽一二，大有清趣。古

人赞誉竹的诗词，不一而足，而以宋代苏东坡的"宁可食无肉，不可居无竹"的名句，更传诵人口。

竹作盆栽，供在案头，萧萧之影，袅袅之姿，青青之叶，直直之竿，略缀灵石，稍嵌青苔；或作竹林，高矮有序，加上陶制古装人物七，有抱琴的，有对语的，有品茗的，有漫步的，题以"竹林七贤"，自得朴雅之致。盆竹宜疏不宜繁，方饶画意。如元代柯九思氏以画竹名，寥寥四五枝，旁缀一石，最为得神。所以盆竹应以古画为蓝本，才称高品，不然杂乱无章，好似野草一堆，实失盆栽之趣。

盆竹栽培不难，得其法未有不活的。春季三、四雨月或秋季八、九两月，可以移植。择一阴天，将竹枝自地挖出，先秧于泥盆中，待活后，方始移植于长方或椭圆的浅盆中，以紫砂盆为最有古意。五彩瓷盆，不合竹性，并且排水不良，竹根易烂。竹竿集于一处，形宜矮，以奇数最佳，即三竿、五竿或七竿，栽于盆的一角，配以奇石一二，放在阴处，略略喷些清水，一月后方可晒阳光。当年竹笋出土，依它的姿态，合者留之，不合者去之，这时盆土带干，多晒日光，笋可矮小，出笋既多，就成竹林了。

岁朝清供中，以松、竹、梅结为岁寒三友，最有意义。一示坚贞，一示潇洒，一示孤高，合栽一盆，相得益彰。配置并

图题：

吴昌硕《岁朝清供》（二）

图注：

吴昌硕自题：「岁朝清供。岁朝写案头花果，古人所作岁时物之迁流也，兹拟其意。」款：「乙卯岁寒，吴昌硕。」

无一定的方式，有松高、竹中、梅矮的；也有梅直、竹欹、松作悬崖形的，各视手法与眼光而定。总之，高矮有致，前后呼应，有章法、格局的，就是佳品。

四、天竹：枝叶扶疏，入冬更为青翠，缀以红子，灿若红豆，与蜡梅都是岁寒俊品。以前花市上曾有作伪者，以有叶无子，和有子无叶的，合成一束，红子绿叶，十分丰美，自有人出高价买去，而不知已受其愚。这种作伪的天竹，不能久赏，不上几天就枯萎，转为黑色了。

天竹栽植之法甚易，因为它性喜稍阴之地，怕强烈的日光，因此倘能择一午前有日光、午后为荫处之地栽植起来，最为适宜。地宜高燥，早春于根的周围掘沟，施以人粪尿，自能茂盛。

五、蜡梅：蜡梅蜜蕊黄瓣，香气浓郁，与天竹合插一瓶，互相掩映，色泽分明，点缀案头，自觉生色。蜡梅以素心而磬口的为佳种，而花市上独多狗蝇蜡梅，红心尖瓣，花小而香淡，品格最下，是山中野生的。所谓磬口蜡梅，是心瓣一色，花大瓣圆的，虽经盛放，常若半含，好似一磬，因此得名。瓶供一枝，清香满室，并可经久不谢。

六、水仙：水仙冷艳寒香，盛以瓷盆，满盛清水，佐以雨花台文石，供在明窗之前，净几之上，香气撩人，大快人意。水仙本产浙省，岁暮大批运沪，状若蒜头，外披赤衣，未生绿

叶,只见幼芽,然后削去其皮,以竹签做成笔架之状。所谓蟹爪水仙,是在鳞茎的一侧,雕去皮肉,只留幼芽,然后秧于水中,日出晒之,日没移入温室内,自能欣欣向荣。蟹爪侧卧于水中,芽不受皮肉所阻,乃蜷曲而生,致成蟹爪形。后于叶中抽出一轴,轴顶着花蕊,外有薄膜包着,膜破蕊出,旋即开花,花作白色,单瓣,瓣六出,心呈灿黄,清香扑鼻。另有一种复瓣的,实非水仙,名为玉玲珑,花心作皱状,色淡黄,香较次,世人多以复瓣的为贵,然而不及单瓣的黄润可爱。花后晒干,栽于肥土中,施以浓粪,将来开花自茂。

七、万年青与吉祥草:一年伊始,万象更新,供此二物,以取祥瑞之意。万年青叶厚而大,丛生,色作深绿,冬夏不萎,花开于叶丛的中央,花色浅绿;子初生时色青,入冬成熟,颗颗浑圆,红若珊瑚,很为可爱。吉祥草丛生,生于湿地,畏烈日,叶似兰而柔,长尺余,狭而尖,叶脉平行,四时青绿不凋,夏开小花,形成穗,难得开花。常与万年青并植庭园中。

有此八品,作岁朝清供,环顾一室,就勃勃有生气了。

盆景二三事

盆景在我国大约已有一千年以上的历史。唐代大诗人、大画家王维以黄瓷斗贮兰蕙,养以绮石,可以算得上是盆景的开端。同时大文学家韩愈有《盆池》诗(五首其三):

老翁真个似童儿,汲水埋盆作小池。
一夜青蛙鸣到晓,恰如方口钓鱼时。

莫道盆池作不成,藕稍初种已齐生。
从今有雨君须记,来听萧萧打叶声。

池光天影共青青,拍岸才添水数瓶。
且待夜深明月去,试看涵泳几多星。

诗中所咏及的，分明是一盆荷花，在那时也是作为盆景的。宋代赵希鹄作《洞天清录》，中有"怪石辨"一则，说的是将奇石配景作为清供。大诗人苏轼曾有《双石》诗：

梦时良是觉时非，汲水埋盆故自痴。
但见玉峰横太白，便从鸟道绝峨嵋。
秋风与作烟云意，晓日令涵草木姿。
一点空明是何处，老人真欲住仇池。

这个倒像与现代的山水盆景属于同一类型的。到元代时，有高僧韫上人，善于制作盆景，巧立名目，称之为"些子景"，就是小景致的意思。

盆景的名称起于明代，屠隆作《考槃余事》，有云："盆景以几案可置者为佳。……最古雅者，如天目之松，高可盈尺，本大如臂，针毛短簇……对双本者，似入松林深处，令人六月忘暑。如闽中石梅，乃天生奇质，从石本发枝，且自露其根。……又如水竹，亦产闽中，高五六寸许，极则盈尺，细叶老干，萧疏可人。盆植数竿，便生渭川之想。此三友者，盆景之高品也。"这和我们现在所作的松、竹、梅盆景，一般无二，不过我们不一定用天目松和闽中的石梅、水竹罢了。清代康熙年间，西湖花隐翁陈溟子作《花镜》一书，中有《种盆取景法》一节，也就是说的盆景，略云，近日吴下出一种，仿云林山树画意，用长大白石盆，或宜兴紫砂盆，将最小柏、桧或枫、榆、六月雪，或虎刺、黄杨、梅桩等，择取十余株，细视其体态参差高下，倚山靠石而栽之。或用昆山白石，或用广东英石，随意叠成山林佳景，置数盆于高轩书室之前，诚雅人清供也。这说明那时苏州一带，已有高手仿照倪云林画意制作盆景了。

盆景的历史虽很悠久，然而过去只是供官僚地主、富商巨贾以及所谓士大夫阶级，作为附庸风雅的点缀品，单单供少数人观赏，并没有多大意义。直到解放以后，才面向广大群众，作为丰富文化生活的一种工具。人们在各种生产战线上劳动了一天之后，借此调剂精神，怡情悦性。现在，全国各地的业余盆景爱好者，队伍已一天天壮大了起来，而他们的作品也已达到了一定的艺术水平，为将来盆景事业的发展，打下了良好的基础。

盆景可分作二类：一类是简单化的盆景，一类是复杂化的盆景。所谓复杂化，就是把一二株或多株的树木，仿照绘画的手法来布局，盆子宜浅不宜深，以长方形或椭圆形的宜兴陶盆为宜，倘能控制水分，那么瓷质或石质的浅盆也可应用。盆面上除了以树木作为主体外，再配以大小高低不等的石块和各种

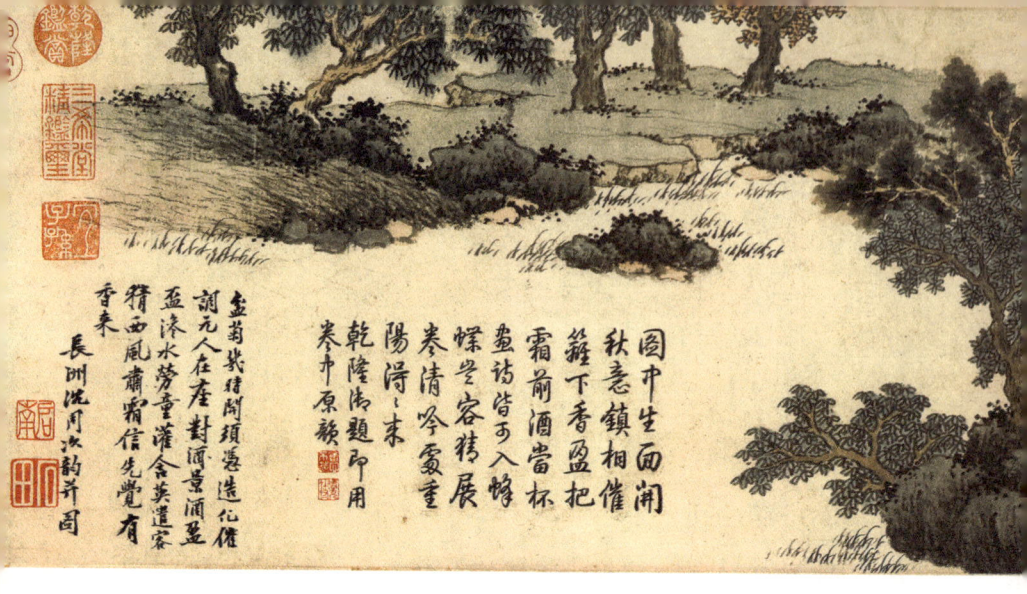

————图题：

〔明〕沈周《盆菊幽赏图》

————图注：

　　左下沈周自题："盆菊几时开，须凭造化催。调元人在座，对景酒盈杯。渗水劳童灌，含英遣客猜。西风肃霜信，先觉有香来。"款："长洲沈周次韵并图。"其右乾隆题："图中生面开，秋意镇相催。篱下香盈把，霜前酒当杯。画诗皆可入，蜂蝶岂容猜。展卷清吟处，重阳得得来。"款："乾隆御题，即用卷中原韵。"

陶质的屋宇、人物等，构成一幅生动的画面。树木必须选取小叶的榆、雀梅、米叶冬青、瓜子黄杨等，较为合适。布置一二株，易于着手，如果是多株而要作为树林的，那么树干必须有直有斜，还必须分出高低、远近、疏密，使它们参差不齐。树下铺以细青苔，并在石隙种一些细叶菖蒲和小草；而配置的东

西，也必须与树干、树叶成比例，不宜太小。如能面面顾到，得心应手，那就成为一个富有诗情画意的好盆景。清代词人李符，曾有《小重山》咏盆景云：

红架方瓷花镂边。绿松刚半尺，数株攒。剧云根取石如拳。沉泥上，点缀郭熙山。　移近小阑干。剪苔铺翠晕，护霜寒。莲筒喷雨算飞泉。添香霭，借与玉炉烟。

所谓"点缀郭熙山"，也就是制作复杂化盆景的最高准则。

简单化盆景中盆树的整姿，各地有各地的传统风格，至今仍可看到。例如苏州、常熟等地有屏风式、顺风式、六台三托式等，扬州有花篮式、单疙瘩式、双疙瘩式、单如意式、双如意式等,安徽、四川等地有蚓曲式、蛇游式等,南通、如皋等地有滚龙式、三曲式、前俯后仰式等,五花八门,光怪陆离。这些形式,有些加工过度,未免矫揉造作,自然界中,绝不会有这样不自然的树木。因此,建议各地除了保存一部分已成定型无法改造的老树盆景外,凡是可以改造的,不妨加以改造;而新的作品,就应该以接近自然为新的风格。盆树的加工,虽有必要,其比重也只可占十成中的四成;这四成中还须以修剪占二成半,扎缚占一成半,而六成是听其自然,那么,人力物力也可节省不少。现在全国工农业生产战线上都在提倡技术革新,我们做盆景的,也该打破成规,革新一下了。

―― 图题：

〔明〕沈周 《瓶荷图》

―― 图注：

沈周自题："荷花燕者，折荷插铜壶间，花叶交错，止六柄而清芬溢。席席环列，壶置席之中，四面举见花，甚可乐客，客亦为之为乐，追暮始散。客为赵君中美，自淮阳来；韩宿田，自城中来；黄德敷，自昆山来，三人皆非速而至者。皆嘉花，非园植，风致不减池塘间。燕无丝竹而欢，度常情，事出偶然而为难得，当不无纪也，请赋诗以纪之。赋不烦客，恐役其心思，其赋者皆予之昆弟子姓。在悦客，予尚作图系诗云云：'花供娟娟照玉卮，红妆文字两相宜。分香客座须风细，倾盖林亭要日迟。仙子新开壶里宅，佳人旧雪手中丝。便应此会同桃李，酒政频教罚后诗。'此诗虽成而图未既，客各散去，实乙巳夏五十八日也。今年为丙午，适其月日，宿田亦来治予疾，盖坐梦灶之悲，情惊甚非昨所，信乐之难得，虽偶而有数存焉，一乐一戚皆自有定。以今之戚而省昨者之乐，不能无感慨也。遂补其图，重录前作，庸为故事云。"款："沈周。"

苏州盆景一席谈

    三尺宣州白狭盆。吴人偏不把、种兰荪。钗松拳石叠成村。茶烟里、浑似冷天昏。　　丘壑望中存。依然溪曲折、护柴门。秋霖长为洗苔痕。丹青叟、见也定消魂。

  这是清代词人龚翔麟咏苏州盆景的一阕《小重山》词,他说的把一株小松种在一只狭长的宣石盆中,配以拳石,富有画意,成为一个上好的盆景,因此老画师也一见销魂了。

  盆景是什么?盆景的构成,是将老干或枯干的花树、果树、常绿树、落叶树等一株或二株种在盆子里,抑制它们的发育,不使长得太高太野,一面用人工整修它们的姿态,力求美化,好像把山野间的树木缩小了放在盆里一样。其实盆景大部分也就是利用这种野生的树木作为材料,经过艺术加工而制成的。原来那山野、岩谷间所生长的松、柏、榆、枫、雀梅、米叶冬青等,经过数十年或数百年之久,枯干虬枝,形成了苍老的姿态，只因一年年常经樵夫砍伐，高度只有一二尺左右。这种矮小而苍老的树木，俗称树桩或老桩头，如果掘来上盆，加以整理，一面修剪，一面扎缚，就可成为一个上品的盆景。要是单独的一株，那么可以依树身原来的形态，种在深的或浅的方形、圆形，以及其他长方形、椭圆形、六角形等陶、瓷或石盆中，树下树旁可适当地安放一块拳石或石笋。例如一株悬崖形的树木，种在方形或圆形的深盆里，根旁倘有余地，可以插上一根石笋，欹斜形的树木，种在长方形的浅盆中，不论一株、二株，倘觉树下余地太大，显得空虚，那就可以配上一块英石或宣石，像这样的栽种和布置，可称为简单化的盆景。

那么怎样才是复杂化的盆景呢？这就须更进一步，制作比较细致；倘以绘画作比，等于画一幅山水或一幅园林，又等于在盆子里制成一个山水或园林的模型，成为立体的实物了。农村渔庄，都可用作绝妙的题材，并可在配置的人物上，设法将

劳动生产的情况表现出来。凡是山岩、坡滩、岛屿、石壁等，都可用安徽沙积石或广东英石、苏州阳山石等做适当的布局。人如渔、樵、耕、读，物如亭、台、楼、阁、桥、船、寺、塔、水车、茅舍等，都以广东石湾制的出品最为精致。树木一株、二株，或三五株以至七株、九株，树身不必粗大，务求形态美好，必须有高低，有远近，有疏密，并以叶片细小为必要条件，否则与全景不称。就是人与物配制的远近，也都要有一定的比例；而人与物的形体，为了要与树叶成比例，所以不宜太小，还是要选用较大的较为合适。凡是制作盆景的高手，必须胸有丘壑，腹有诗书，多看古今名画，才能制成一盆富有诗情画意的高品。如果有这么一个水平较高的盆景，供在几案上，朝夕观赏，不知不觉地把一切烦虑完全忘却，仿佛置身于大自然的怀抱里，作神游，作卧游，胸襟为之一畅。

　　苏州的盆景，已有很悠久的历史，可是过去传统的风格，总是把树木扎成屏风式、扭结式、顺风式和六台三托式等，加工太多，很不自然，并且千篇一律。也显得呆板而缺少变化。后来由于盆景爱好者观赏的眼光逐渐提高，厌弃旧时那种呆板的风格，于是一般制作盆景的技工，推陈出新，提高了艺术水平，在加工整枝时，力求自然。凡是老干或枯干的树木，依据它们原来的形态，栽成种种不同的形式，大致可以分作五种，

图题：〔清〕陈书《岁朝清供图》

图注：岁首，寒梅含苞待放，和松、竹结成了岁寒三友，天竹、蜡梅联袂登场，水仙花蕊挺生，衬着绿叶，很有精神，万年青结子猩红，吉祥草碧绿照眼……又是一番新气象！如此好花草，正好作岁朝清贡。——周瘦鹃《岁朝清供》

对于剪片、扎缚等手法，起了显著的变化。

一、直干式：主干直立，只有一本的，称为单干式；主干有二本的，称为双干式。不过双干长短不宜相等，应分高低。主干三本或五本的，称为多干式。本数以单数为宜，不宜双数。

二、悬崖式：此式俗称"挂口"，有全悬崖、小悬崖、半悬崖各式。全悬崖的主干悬出盆外较长，角度较大，枝叶不在盆面，要用深盆栽种；近根处竖一石笋或瘦长的石峰，这树就好像生长在悬崖峭壁上一样。小悬崖的主干悬出盆外较短，少数枝叶布在盆面，但仍需要深盆。半悬崖的主干只有少许斜出盆外，并不向下悬挂，角度更小，大部分的枝叶都在盆面，所以栽种时可用较浅的盆子。

三、合栽式：十多株同一种类的树木，高高低低、疏疏密密地栽在一只浅而狭的长方盆中，树下配以若干块大小高低的英石或宣石，好像是一片山野间的树林，很为自然。

四、垂枝式：盆树有枝条太多太长，无法整形的，可将长条一根根屈曲攀扎下来，形成垂柳的模样，这就叫作垂枝式。例如迎春、柽柳、金雀、枸杞、金银花、金茉莉、紫藤花等，枝条又长又多，都可用此式处理。

五、附石式：把盆树的根株、根须附着在易于吸水的沙积石上，因吸收石块的水分而生长；或就石块的窟窿中加泥栽种，更为容易。这种附石式的盆景，既可将浅盆用土栽种，也可安放在瓷质或石质的水盘里，盛以清泉，陪以小块雨花石，分外美观。

总之，盆树的形态变化很多，能够入画的，才可称为上品。枯朽的老干，中空而仍坚实，自觉老气横秋。露根的老干，突起土面，有如龙爪一样。这些树木，都是山野间老树常有的美态，在盆景中也大可增加美观。盆树的整姿定形，一定要有充分的艺术修养和灵巧的手法，我以为应该六成自然，四成加工，而这四成中又应该以修剪占二成半，扎缚占一成半，才不致因加工过度而成为矫揉造作，落入下乘。春秋佳日，要经常地出外游山玩水，从岩壑、溪滩、山野、村落以及崇山峻岭之间，可以找到不少奇树怪石，都是制作盆景的好材料，要随时随地多多留意，不可轻轻放过。平日还要经常观摩古今名画，可以作为盆景的范本，比自己没根没据想出来的，高明得多。我曾经利用沈周的《鹤听琴图》、唐寅的《蕉石图》、夏昶的《竹趣图》、王烟客的《新蒲寿石图》、齐白石的《独树庵图》等，依样画葫芦似的制成了几个盆景，像这样的取法乎上，不用说是更饶画意了。

杨彭年所制的花盆

经过了一重重的国难家难,心如槁木,百念灰冷,既勘破了名利关头,也勘破了生死关头。我本来是幻想着一个真善真美的世界的,而现在这世界偏偏如此丑恶,那么活着既无足恋,死了又何足悲?当时我在《新闻报》上发表了一篇提倡火葬的文字,结尾归纳到自己的身后问题,说是要把我的骨灰装在一只平日最爱的杨彭年手制的竹根形紫砂花盆里,倒像是立了遗嘱似的。恰恰被一位七十五岁的前辈先生读到了,就责备我道:"你才过五十,如日方中,为什么如此衰飒,这是万万要不得的。做人总是这么一回事,不如提起兴致来,过一天算一天,千万不要想到死的问题,就是我年逾古稀,还是生趣盎然,从没有给自己身后打算过呢。至于火葬的话,我也并不赞成,与其碎骨扬灰,何妨薄殓薄葬,况且这也是下一代的责任,何必自己操心,且待死了之后,让下一代给你做主吧。"我因前辈先生的规劝,原是一片好意,未便和他老人家争辩,只得唯唯称是。

过了一天，又有一位爱好花木的同志赶到我家里来。他倒并不反对火葬，却要瞧瞧我将来安放骨灰的那只最爱的花盆。对日抗战期间，我住在上海，人家正在投机囤货，忙着发国难财，我却什么都不囤，只是节衣缩食，向古董铺子里搜罗宜兴陶质的古花盆，这期间倒也含有些抗日意义的。原来日本人爱好盆栽，而他们自己却做不出好盆，据说先前曾把宜兴蜀山的陶泥装运回去，尽力仿制，而成绩不良，因此专在吾国搜买古盆。凡是如皋、扬州、淮安、泰县各地，都有他们古董商人的足迹。那边有许多旧家，祖上都是癖爱花木的，而子孙却并不爱花，就把传下来的古盆一起卖给他们，数十年来，几乎都被收买完了。上海的古董商人投其所好，也往往以古盆卖给日本人，可得善价。我以为这也是吾国国粹之一，自己要种花木，而没有一个好好的古盆，岂不可耻！所以在太平洋战争爆发以前的几年间，我专和日本人竞买，尽我力之所及，不肯退让，在广东路的两个古董市场中，倒也薄负微名，我每到那里，他们就纷纷把古盆向我兜揽，一连几年，大大小小的买了不少，连同战前在苏州买到的，不下百数，蔚为大观。就中有明代的铁砂盆，有清代萧韶明、杨彭年、陈文卿、陈用卿、爱闲老人、钱炳文、陈贯栗、陈文居、子林诸名家的作品，盆底都有他们的钤印，盆质紫砂、红砂、白砂什么都有，这就算是我的传家之宝了。

图题:
　　〔宋〕姚月华《胆瓶花卉图》

图注:
　　宋宁宗题字:"秋风融日满东篱,万叠轻红簇翠枝。若使芳姿同众色,无人知是小春时。"

现在那位爱花同志来问我打算把哪一只最爱的花盆安放骨灰，一时倒回答不出来。记得苏州一位创办火葬场的戎老先生说：火葬时倘不穿衣服，约重三磅之谱；而我所最爱的花盆，有很大的，也有很小的，似乎都不相称，末了才想起那只杨彭年手制的竹根形紫砂盆来，不大不小，恰好容纳得下三磅的骨灰。杨氏是乾嘉年间专替陈曼生制紫砂茶壶的名手，这一个盆子确是他的得意之作，里胎指痕宛然，表面有浮雕的竹节和竹叶，并刻着一首七言律诗，笔致遒逸可喜。我本来对它有偏爱，平日陈列在玻璃橱中，不肯动用，这时拿出来给那位同志仔细观赏。他也觉得给我一个花迷作饰终之用，再合适也没有了。我想将来安放了骨灰之后，还得加以装饰，在盆面上插几枝云朵形的灵芝。再把一块灵璧石作为陪衬，就供在梅屋中那只洛阳出土的人马图案的大汉砖上，日常有鲜花作供，好鸟作伴，断然不会寂寞。到了梅花时节，更包围在香雪丛中，香生不断，这真是一个最理想的归宿。要不是火葬，你能把灵柩供在家里吗？所成为问题的，却是亡妇凤君已长眠在灵岩下的绣谷公墓中，我的墓穴也预备了，将来要是不去和她同葬一起，她就得永远地孤眠下去，怕要永远抱恨的。唉！活着既有问题，死了还有问题，且待将来再说吧。

解放以来，我看到了祖国的奋发有为，突飞猛进，我的心情也顿时一变，由消极变为积极，由悲哀变为愉快。我要好好地活下去，至少要活到一百岁，我要把我一切的力量贡献与祖国，我要看到社会主义新中国的实现，和全国人民熙熙然如登春台，同享幸福。到那时我即使死了，也不必再借那只心爱的花盆来作归宿之所，愿意把我的骨灰撒遍祖国的大地，使膏腴的土壤中开出千百万朵美丽的花来！装点这如锦如绣的大好河山，向我可爱的祖国献礼致敬！

可是"天有不测风云，人有旦夕祸福"，万一我不幸而像老友洪深兄一样害了不治之症，看不到社会主义的实现就撒手人世了，这……这……这怎么办呢？但是想到了祖国有希望，有办法，社会主义终于会来，也就死而无憾。我愉快地先来把南宋爱国大诗人陆放翁先生那首临终的名作改上十个字，以示我的子女：

死去元知万事空，我生幸见九州同。
他年大业完成后，家祭毋忘告乃翁。

清凉味

　　一九五七年八月十五日,苏州拙政园举行盆桩展览会,早在半月以前,就来要我参加展出,我当下一口答应了。因为这些年来,拙政园每有展览会,我原是有求必应,无役不与的。但我想到那种枯干老桩的盆树,拙政园有的是,并且多得很,那么我拿些什么东西去展出呢?于是大伤脑筋,想啊想地想了一天,终于想出一个避重就轻的新花样来。

　　配合着这个乍凉还热的新秋天气,我决计准备一些含有清凉味的竹子、芭蕉、芦荻、菖蒲、杨柳、爬山虎和水石等,作为出品。一连忙了几天,共得十九盆,请几位写得一手好字的朋友,在各种彩笺上写了标签,注明名称和含有诗意的题句;又请林伯希老画师画了一小幅竹子、芭蕉、菖蒲的《三清图》,在一旁题上"清凉味"三字,就作为我这次出品的总称。我希望观众看了之后,凉在眼底,更凉到心头,真能享受到一些清凉味。

"清凉味"展出的所在，是拙政园西部三十六鸳鸯馆，面临池塘，有一对对鸳鸯拍浮其中，这场合是挺美的。一只红木长台上，居中供着一大盆"紫竹林"，拳石的一旁，立着一尊佛山窑的观音像，手捧杨枝水瓶，好一副庄严宝相。左旁是一盆五株合种的芭蕉，有人小步蕉荫，神态悠闲得很，题名"小绿天"。右旁高供着一盆垂柳，长条临风披拂，使人想起"杨柳岸、晓风残月"的名句。

长台前的贡桌上，中央一个长方形浅盆中，种着二十余枝芦荻，就题名"芦荻岸"，岸上芦荻丛中，有两只白鹅，正在低头刷翎；岸边有小池，铺满着浮萍，全是水乡风物。此外盆景，有仿明代沈石田的《鹤听琴图》，山洞的两旁，种着三枝文竹，洞口有老者正在鼓琴，一头白鹤在旁听着，似是知音。一只不等边形的歙石浅盆中，斜立着一座峭壁，顶上有爬山虎一株，枝叶纷披；壁下石坡上，正有渔夫持竿垂钓，活画出一幅《渔家乐图》。一只长方形汉砖浅盆中，有英石壁立，坐着一尊无量寿佛，座前满种菖蒲，题名"蒲石延年"。其他如"枯木竹石""新蒲寿石""空山高隐图"等，都是尽力求其入画，而又带着清凉味的。

我这次展出的盆竹，如果排队点起名来，共有十种，如紫竹、斑竹、文竹、棕竹、观音竹、寿星竹、凤尾竹、飞白竹、佛肚竹，而以金镶碧玉嵌竹最为别致；每根黄色的竹竿上每隔一节都嵌着一条粗绿纹，如嵌碧玉一样。古人说："宁可食无肉，不可居无竹。"我也有同感，并且爱它一年四季，都带着清凉味。

留听阁一带地区，全是拙政园出品，林林总总，美不胜收。枯干的红薇多盆，正在烂漫地开着花，如锦如绣。最特出的，是那株树龄五百余年的老榆桩，好像是一座冠云峰模样，使人叹为观止。这是该园技工朱子安同志，从广福深山中掘来培养而成，不知费却了多少心力，才得此成果。会期共十六天，吸引了不少观众，上海、无锡的一般盆景专家都来观赏，大有宾至如归之概。

图题：

吴湖帆《仿唐寅鹤听琴图》

图注：

吴湖帆题款：「唐子畏《鹤听琴图》。文衡山、张梦晋皆有是图，惟俱不若子畏之神奇耳。吴湖帆，癸未十二月制。文、张皆法元贤作小横卷。子畏则学李成笔直幅。湖帆又识。」

此外盆景，有仿明代沈石田的《鹤听琴图》，山洞的两旁，种着三枝文竹，洞口有老者正在鼓琴，一头白鹤在旁听着，似是知音。——周瘦鹃《清凉味》

图题：

〔元〕吴镇《芦花寒雁图》

图注：

吴镇自题：『点点青山照水光。飞飞寒雁背人忙。冲小浦，转横塘。芦花两岸一朝霜。』（用《渔歌子》调，亦称《渔父》）

长台前的贡桌上，中央一个长方形浅盆中，种着二十余枝芦荻，就题名『芦荻岸』，岸上芦荻丛中，有两只白鹅，正在低头刷翎，岸边有小池，铺满着浮萍，全是水乡风物。——周瘦鹃《清凉味》

家庭和园艺

家庭是由"家"和"庭"两个字合成的,所以凡是一个家必须有庭,才配得上叫一个"家庭"。如果有家无庭,那只具有家庭组成条件的一部分——无庭之家,因此家和庭可以说是打成一片,不可分离的。不过一般人不管家之有无庭园,统称为"家庭",这不太妥当,实在是没有称"家庭"的资格,只可称"家"才对。

健康的家庭,这是人人所理想的,然而我们不但要求家庭内质的健康,对于家庭外表的健康,实在也是必要的。要求家庭外表的健康,那么,庭园的需要是当然的条件。要建设一个完善的庭园,就和园艺发生了关系,所以家庭和园艺是有联系的,而它们两者关系更为密切了。园艺和家庭毕竟有什么关系呢?姑且把园艺的重要性列举如下:

(一)园艺可以陶冶人的性情:花卉是园艺的一种,它对于人的性情确有不少的功能,虽是出于无形,而它的重要性是不可抹杀的。一有空闲,就到公园里去走走,顿时觉得心旷神怡,胸襟为之一畅。如在花坛中看到了一朵鲜艳的花,这时似乎有一种说不出的舒适,恨不得带回家去。假使家中具有一个小小的庭园,天天和美丽的自然环境接触,在性情上有很大的补助,而且在心神上也得到无上的快慰。

(二)园艺可以促进身体的健康:园艺的操作,像耕地、除草、灌水、施肥等,在在需要人力来劳动,于是使全身的肌肉得到了适当的运动。如果在工作完毕后,觉得无聊时,就可到庭园里工作,疲劳的精神因之而恢复,比起一杯茶、一支烟的效力灵验得多。何况亲自下种,眼见它开花,而后再结果,更尝到甜美可口的果实,这一种精神上的愉快,真是不易描写出来。

(三)园艺可以增进儿童的知识:儿童身处庭园中,可以认识植物的形态,更可知道它们的名称。下种、发芽、开花、结果……这些都使儿童亲自经历,当然增多了不少活的知识。等到在学校中读了书本上关于植物方面的内容,便不至于枯燥乏味,自会发生兴趣了。同时更可使儿童明了,在这下种以至结果的过程中,要费掉多少的时光,多少的劳力,才能得到多少的收获。这可以使儿童知道物之来处不易,随时随地要珍惜物力,不要浪费一物。更能打破他们存着欺诈、取巧、不劳而获的错误观念,对于他们知识上、品质上都有莫大的补益。

（四）园艺可以革除家庭的恶习：解放前有些家庭主妇，一有空闲时光，便消磨在赌博嬉戏上，这不但费神耗钱，而且养成不良的习惯。要是把这些时光花在家屋前的空地上，栽培蔬菜、果树、花卉等，虽然春花秋果，收获不多，而心中的快感，却非金钱所能购得。而且把自己的园艺产品，作为亲戚朋友间酬酢赠答的礼品，另有一番乐趣。这种一举两得的工作，大可尝试一下。

（五）园艺可以补助家庭的经济：家庭中如果有室地种植蔬菜、果树等，自己用劳力换得了产品，可不必再向市上购买，每天向地上掘取若干，就可供三餐之需，而且蔬菜的生长很快，随时可以供给家庭长期的食用。当然，支出可以节省，经济上受它的补助不少。

（六）园艺可以洁净家庭的空气：我们呼吸的目的，是要吸收空气中的氧气，来洁净肺中的污血。空气中氧气的来源从哪里来呢？一大部分是依赖植物在日光下行同化作用时，放出的氧气，而植物吸收我们呼出的二氧化碳气，于是双方互相利用。如果在家屋前多种些树木、花卉、蔬菜等，时时可使家屋附近一带的空气洁净，这于人体的健康很有关系；更有防火、防沙、防风、防烟的效能。

园门长此为君开

> 蟠胸五岳存三亩，照眼千株灿一门。
> 永日晤言陪木石，深堂呼吸接乾坤。

这是广西诗人吕集义同志一九六〇年春到苏州来光降小园时，见赠的一首律诗中的两联，不但对仗工整，而且言之有物。可不是吗？在这三亩多的小小园地里，两年以前又新堆了一座假山，"五岳起方寸"，以五个石峰来象征泰、嵩、衡、华、恒五大名山；而花木盆景，大大小小已超过千数。我这闲不住的身子，整天忙忙碌碌地，老是与木石为缘。我还接待了来自祖国各地以至国外的无数嘉宾，跟他们握手言欢。那么，我虽躲在这小天地里，也可以说是和普天下人呼吸相通了。

近年以来，我尽力搜集合用的材料，先后制成了上百个大小盆景。制作盆景是一件很费心力的工作，先要找一株好样的树，修剪扎缚，然后配一个合适的盆，加上一二件陪衬的附属品，要它有诗情，有画意。大型的须用双手捧起，小型的却是一指可托。我又十分性急，每一盆都要它速成，因此格外要多动一些脑筋了。然而费力虽多，收获也大，除了"聊以自娱"外，不知供给多少人来观赏。例如上海科学教育电影制片厂摄制的那本彩色纪录片《盆景》，十之七八是我的作品，早已映上了国内外许多地方的银幕，至今还有人看了之后，特地赶上门来"对证古本"呢！

一九六一年元旦，我在欢欣歌舞之下，心想将怎样来欢迎它的光降呢？就在前几天已开始把我的小小园地打扮好了。爱莲堂上和紫罗兰盦中的那些菊花盆供，经过了一番整理，还可以继续供下去；一面又添上几盆迟开的"玻璃绿""杨妃出浴"等，加强了阵容。蜡梅、天竹和松、柏、竹子，可以结为岁寒五友，一同登场；那两盆百年老干鸟不宿，供在廊下，把它们一颗颗鲜艳的红子来作为喜庆的象征；而几盆大型和小型的迎春花，也开放了嫩黄色的花朵，带头来迎接新年。其他有画意

的盆景,有仿齐白石的《独树庵图》,有"枯木竹石",有"竹深留客处",聊备一格,可以当作图画来看。至于山水盆景,除了八千米以上的部分珠穆朗玛峰外,有毛主席的故乡韶山一角,有革命圣地延安的宝塔山,有苏州香雪海,有黄山石笋矼。这当然都是想象中的产物,不过借此表示我的一片向往之情罢了。

我这小小园地,一切都因陋就简,实在不够园林的条件。要感谢苏州市人民政府的支援,最近整修了梅屋和荷轩,可供来宾小坐休憩之用。所引为遗憾的,盆梅尚在含苞,所有好几百个大小盆景,为了越冬防止冰冻,大半已移入室内或连盆埋在地下;只有长青的松、柏、黄杨、冬青和罗汉松等,尚可观赏。我的园门是长年敞开着的,欢迎一般看花不问主人的游客,如果假日来到苏州,不妨光临小园,作一二小时的勾留。末了我要把两句唐诗略改一下,以代请柬:

花径已曾缘客扫,园门长此为君开。

图题：
〔明〕文徵明《聚桂斋图卷》

图注：
我的园门是长年敞开着的，欢迎一般看花不问主人的游客，如果假日来到苏州，不妨光临小园，作一二小时的勾留。末了我要把两句唐诗略改一下，以代请柬："花径已曾缘客扫，园门长此为君开。"——周瘦鹃《园门长此为君开》

垂直绿化

垂直绿化是上海绿化运动中创造出来的一个新名词，换一句说，就是要多多种植蔓性的植物。俗话将做事不爽快，叫作"牵丝攀藤"，而种植蔓性植物，恰好是尽其牵丝攀藤的能事。丝要牵得越多越好，藤要攀得越长越好。这才完成了垂直绿化的任务。

大都市中，鳞次栉比的全是房屋，很少有空地给你种树，那就适用垂直绿化了。如果有楼，楼外有阳台，那么就可在阳台的两角，安放两只中型的泥花盆。要是没有花盆，那么漏水的缸甏和废弃的木箱、木桶，装进了八九成泥土，就可作种植蔓性植物之用。朋友们，你们不要以为太寒酸，这就是废物利用，这就叫作节约。然而你要是有现成的陶瓷花盆搁置不用的，那么何妨搬到阳台上来露露脸。紫陶红陶，或青花粉彩，五色缤纷，那更足以壮观瞻了。

种植这些蔓性植物的盆子，不必太大，也不宜太小，无论是泥盆、陶盆、瓷盆，无论是圆的、方的，只要直径一市尺，深一尺余，就可应用；缸甓和木箱木桶，也是如此。就中如蔷薇、木香、月季、十姊妹、金银花、紫藤、凌霄、葡萄等，一盆可种一二株，但还要看泥垛的大小和根须的多少而定。至于容易成长的茑、薜荔、常春藤和子出的牵牛、茑萝、南瓜、北瓜、丝瓜、扁豆、锦荔枝等，那么一盆可种三四株，还要好好地培养，灌水施肥都须恰到好处，过与不及，就不能使它们欣欣向荣了。

　　凡是蔓性植物，都有向上爬的特性，但你一定要帮助它们，攀缘在墙头屋角上的，可用麻线钉住，将藤蔓牵引上去，见一条藤蔓就需要一根麻线，才可分头向上攀爬，将来分散在四面八方，才可使墙头屋角形成一个个活色生香的画屏。不然的话，许多藤蔓纠缠在一起，弄得难解难分，即使开花结果，也杂乱无章地一无足观，怎么比得上画屏那样丰富多彩呢！至于牵引要用麻线，因为它有韧性，并且比较细致。如果用了草绳，一则太粗，二则经不起风吹日晒，容易折断，折断之后，再要把藤蔓牵引上去，那就自找麻烦了。瓜类可以攀缘在晒台或屋顶上，除了用麻线牵引外，最好用竹竿在晒台上搭架，或用细竹扎成许多方格，盖在屋顶上，让瓜藤在方格里自己爬开去，倘有不爬在格子里的，那么也得施行手术，帮助它一下。

图题：

〔明〕韩希孟绣《葡萄松鼠图》

图注：

图左明董其昌题字："宛有草龙，得之博望。翠幄珠苞，含浆作酿。文鼯睨之，翻腾欲上。慧指灵孅，玄工莫状。"

　　茑，俗称爬山虎，与薜荔、常春藤同样是蔓性植物中没有依赖性的好汉，不需要人家帮助牵引，自己会向上爬，并且会像行军中的散兵线般，逐渐四散开去。茑的成长最快，最好是爬在空白的墙上，不上几年，就会变成一堵绿油油的绿墙。所可惜的，所开的花比桂花更小，成串，作白色，一些儿观赏的价值也没有。但它会结成一串串的绿子，像野葡萄一样。叶片很像三角枫而较大，深秋经霜之后，变作赭红色，很美观；可是不多几天，就纷纷地掉落了。常春藤和茑有虎贲中郎之似，叶片作心形，经冬不脱，名为常春，确是当之无愧，不过成长较缓，美中不足。薜荔也是四季常青的蔓性植物，叶片很小，作腰圆形，开花也很细小，不为人们所注意，而结实特大，俗称"鬼馒头"，不知道它为什么获得这个可怕的名称。我很爱那一片片的小叶，因为它们蔓延极快，无论树木、墙壁、假山石，都是它们的殖民地。国画家山水画中所画的藤萝，就是给它们写照，一登画面，身价十倍，这就使那两位老大哥茑和常春藤自叹不如了。

　　茑的生殖力极强，随处生根，随处蔓延，而向上爬的本领也特别大——有墙爬墙，有树爬树，有石爬石，简直是无所不爬，任是三四层楼的高墙，也会逐渐地爬了上去。但看从前上海西藏路上的慕尔堂、苏州宫巷中的乐群社，都是高高在上的高楼，竟全被茑爬满了，风来叶动，如翻碧浪，在大热天里看上去，自然而然地让人感受到一种清凉味。好在它无须播种，无须培养，灌水施肥，也一概豁免，倘要移植开去，又易如反掌。至于薜荔，生殖力和向上爬的本领，虽也不在茑下，可是移植难活，并且为了它叶片太小，要爬满一堵高墙，实在是不容易的。

要使"墙头屋角画屏开"，单单是绿化还不够，一定要彩化、香化，才当得上画屏的美称。那么用什么来把墙头屋角绿化、彩化、香化呢？这就要求助于那些蔷薇类的蔓性植物了。说到绿化吧，它们的叶片终年常绿。说到彩化吧，它们的花朵儿有白色的，有黄色的，有浅红色的，有深红色的，可以算得上丰富多彩了。说到香化吧，那么香水花、月季花、木香花和野蔷薇花，都是香喷喷的，使人陶醉的。

蔷薇类中最够得上绿化、彩化的条件而可以形成画屏的，要算是十姊妹或七姊妹，因为它一小簇

上就放出十朵花或七朵花，是植物中最最爱好集体和团结的。正为了这样，花朵儿就分外地见得密集，而叶片也就分外地见得多了。花型虽然小一些，却是复瓣的，因此也就不觉其小。花有深红、浅红、紫、白各色，很为娇艳，真像是一群娇滴滴的小姊妹，玲珑可爱得很！明代散文作家张大复曾说："十姊妹，花之小品，而貌特媚，嫣红古白，嫋嫋欲笑，如双环邂逅，娇痴篱落间。"又，清代吴蓉斋诗云：

袅袅亭亭倚粉墙，花花叶叶映斜阳。
谁家姊妹天生就，嫁得东风一样妆。

足见前人对于此花都以娇女作比，而篱落粉墙之句，也就写出它的蔓性，可以攀缘在篱上和墙上。像它们那么花繁叶密，如果把那一条条的蔓分头在墙头屋角用麻线牵引开去，不就是很快地可以构成一个画屏了吗！至于繁殖的方法，可于梅雨期间剪取二三寸长的花枝，扦插在泥盆里，是未有不活的。一说可于农历八九月间扦插，正月间移植，两个扦插的时期虽有不同，都可一试。

图题：

〔清〕任伯年《萱草牵牛图》

图注：

任伯年自题："嵩乔仁四兄大人雅正。"款："同治癸酉初夏，伯年任颐"。

迟日江山丽，
春风花草香。
泥融飞燕子，
沙暖睡鸳鸯。

〔唐〕杜甫《绝句》

春风花草香

春天是春光明媚、鸟语花香的季节。

春季确是一年四季中最美丽最可留恋的一季。红的花、绿的树、碧绿的草相互掩映着，构成一幅灿烂夺目的画面，点缀在广袤的田野里，镶嵌在富丽的庭园中，陈列在整洁的公园里，隐藏在幽深的山谷中，供人去欣赏，去吟味。

春天的花卉，多如恒河沙数，不知道有几千百种，如拿"百花"二字来包括春天一切的花卉，似乎还嫌不足。所以只得择其较通俗的，介绍于一般爱花同志之前。

花卉的种类，可以分为花草和花木两大类。花草类就是它的茎部是草质性，像水仙花、凤仙花等；而花木类的干是木质性的，像山茶、杜鹃等。

花草类因各自生育时间长短的不同，可分作三种。

一、一年生草花，它的生育时间，只限于一年而不能越冬，像鸡冠花、牵牛花等，所以又叫作一年草。

二、二年生草花，有越冬生存的能力，像三色堇等，因为它能越冬生长，故又称为越年草。但这种二年生草花如栽植在寒冷的地方，也可作为一年栽培。所以一年生和二年生不能作断然的区别，因地而不同。

三、多年生草花，能在多年间生育，像芍药、菊花等，也可称为宿根草，因它根部经多年不至于完全枯死，遗存在泥土中，年年发生新芽，及时开花。多年生的草花中，像水仙、百合等有很大的地下茎或块根，特称之为球根类。

花木类因它的干有长短的不同，便可分作灌木与乔木两类：

一、灌木类：树干矮小，像常绿性的瑞香、杜鹃，落叶性的蔷薇、牡丹等。

二、乔木类：树干高大，像常绿性的山茶、柑橘，落叶性的桃、梅等。

现在把在春天开花的花卉的种类，和它们的栽培法，分述如下：

一、花草类

（一）一年生草花

1. 三色堇：俗名蝴蝶花，在春天盛开，而且开花期又很长，可一直开到夏末，且最适宜栽在花坛上或盆盎中。生长后高达七八寸，叶片卵形，上有茸毛，花朵单独生在叶腋，花瓣五片，

(二)多年生草花

1. 金鱼草:俗名龙口花,花的构造很特别,花朵真像金鱼的口,而且可把两片花瓣张开,似乎鱼口中的喉部宛然可见,所以取名金鱼草。茎高者可达二尺左右,自春至秋是它的开花期,花色红、白等都有。秋分时将其种子播种在浅盆里,性强健、耐寒力强,虽寒冷的地方,仅用简单的防寒法也能安全越冬,秋播的明春四五月开花,春播的要到六七月左右才开花,如种在盆盎中以供观赏,很是相宜。

2. 郁金香:是属于百合科的球根植物,在春天的花市上最易发现的一种,俗名洋荷花。因为它在梗的顶端开花,花瓣六枚,相集呈漏斗状。花色很多,日出而开,日没而闭,雨天或阴天就是在日中也不开或半开,普通一花的生命仅有十四五天左右。耐旱性极强,性喜排水良好的地方。在九、十月间把它的球根种入土中,深度以三寸左右最适当。开花期因品种而不同,不过都在春天开,花谢后宜切去花茎,不令结实,可免消耗球根的养分。到六、七月叶枯黄后,即掘起晒干,除掉泥土,贮藏在清凉干燥的地方,以待栽植的适当时期。

3. 仙客来:俗名兔子花,因为它的花朵很像兔子的耳朵,形态很奇特。叶丛生而自块根抽出,叶柄很长,下部紫红色,叶作心脏形,春间在叶丛间抽出花梗,每一花梗的顶端开一朵大小各不相等,花色一般有紫、白、黄三种,故叫作三色堇,但以纯白、纯黄、浓紫、黑等较为名贵,本产在欧洲南部。秋播者,在春天开花较盛,但在冬天宜掩盖,以防冻害。在春天也可播种。如不用种子繁殖,在六七月间扦插亦活。性喜砂质壤土,故可在园土中略加细砂混和而种植。这种花的果实,起初弯曲向地,后来伸直向天,这时种子由青白色变成赤褐色,这是成熟的明证,宜立刻采取,否则果实破裂而飞散。性喜肥,在开花初期应略施人粪尿一二次。

4. 香豌豆花:这种花供观赏之用,而不供食用,它的叶茎和豌豆一模一样,然而花色是完全不同。此种花宜栽在篱边或草地上,作种种形状的支架。到春天在叶腋发生花梗,其上生二朵至四朵花,芳香可爱,花色有红、白、紫等,有春天开花的,那是在去年秋天已播种的。性喜肥沃的黏质壤土,开花期也很长,直到八月被暑气所逼,方才枯死。

花，有红、白、紫等。它的种植期约在四五月或十月中，每盆种一球，使球顶略出土面。球根小的不会开花，如栽种得法，二年中即可开花。

二、花木类

1.迎春：落叶性，开花最早，早春一二月间已花满枝头，故名迎春。枝条柔软，丛生高可几尺，茎略带方形，叶片厚实，交春就开淡黄花，不结实，叶由三片小叶合成。这种花栽培最易，普通都种在盆里，每年开花后，换盆一次，因盆中泥土的养分很有限。在梅雨期间，把当年生枝条剪成数段，扦插入土，十枝九活。

2.牡丹：牡丹是落叶灌木。《花镜》中关于牡丹的记载很详尽，现在把它录之如下："牡丹为花中之王，北地最多，花有五色、千叶、重楼之异，以黄紫者为最。自欧阳修作记后，人皆喧传其名，遂有《牡丹谱》，品种共有一百三十一种之多。其性宜凉畏热，喜燥恶湿，根窠乐得新土则茂，惧烈风酷日，须栽高敞向阳之所，则花大而色妍。移植在八月社前或秋分后皆可。根下宿土少留，切勿掘断细根，每种过先将白蔹末一斤拌匀新

土内（因其根甜，多引土蚕蛴螬虫，故用白蔹杀之）。再以小麦数十粒撒下，然后坐花于上，以土覆满，复将牡丹提与地平，使其根直，则易活。不可踏实，随以天落水或河水灌之。子类母丁香而黑，六月收置向风处，晾一日，以瓦盆拌湿土盛之。至八月中，取其下水即沉者而畦种之。待其春芽长大，五六月以苇箔遮日，夜则露之，至次年便可移种矣。然结子畦种，不若根上生苗分植之便。其接换亦在秋社前后，将种活五年以上小牡丹，去地留一二寸，将利刀斜削去一半，再以佳种旺条截一段，斜削去一半，上留二三眼，贴于小树上，合如一木，以麻缚定，用湿泥抹其缚处，两瓦合之，内填细土，待来春惊蛰后，出瓦与土，随以草荐围之，未有不活者，其花愈接愈匀。昔张茂卿接牡丹于椿树之上，每开则登楼宴赏，至今称之。夏月灌溉，必清晨或初更，必候地凉方可浇，八、九月五、七日一浇，十月、十一月三、四日一浇，十二月地冻，止可用猪粪壅之。春分后便不可浇肥，直至花放后略用轻肥。六月尤忌浇，浇则损根，来年无花。花未放时，去其瘦蕊，谓之打剥。花将放，必用高幕遮日，则花耐久。开残即剪，勿令结子，留子则来年不盛。冬至日以钟乳粉和硫黄少许置根下，有益。如枝梗虫蛀，当寻其蛀眼，用硫黄或塞或熏，或用杉木作钉，钉之自毙。性畏麝香、桐油、生漆气，旁宜植逼麝草，如无即种大蒜、

图题：

〔清〕恽寿平《国香春霁图》

图注：

恽寿平自题："幽谷无人鸟不喧，兰丛蝴蝶一双翻。画家解作龙门传，仿佛庄周晤屈原。"

——图题：

　　于非闇《四季花图》

——图注：

　　于非闇自题："去年曾作《四季花图》一卷，自以为尚有欠斟酌处。今年开岁，重作此图，未安处只有再作尝试。"款："一九五七年元旦，非闇并记。"

葱、韭亦可。不使乱草侵土，并热手抚摩。若折枝插瓶，先烧断处，熔蜡封之，可贮数日不萎，或用蜜养更妙。如将萎者剪去下截，用竹架起，投水缸中浸一宿，复鲜。一法：以白术末放根下，诸般花色悉带腰金。若北方地厚，虽无肥粪，即油粕肥壅之亦盛，不可一例论也，但忌犬粪。"

　　3.栀子：一名木丹，一名越桃，大花的又名林兰。单瓣而小花的，结子很多；复瓣而大花的，不结子，色白而香浓，因此常生小虫，须剔去。徽州生产一种矮本的小栀子，名丁香栀子，小枝，小叶，小花，高不满一尺，可作盆玩。栀子秋间结

子丹黄,有棱,可作黄色染料,也可入药。冬初取子晒干,来春畦种,上盖灰土,次年三月移植,到第四年上,就可开花结子。子种比较缓慢,倘在梅雨时剪了枝条,扦插在肥沃的泥地上,那就快得多了。至于复瓣的,可用泥土压住旁生的小枝条,一两个月后生根,分种自活。性喜粪肥,但须浇得淡一些,太浓易于生虱,不可不知。

4. 杜鹃:常绿灌木,树不高大,每在杜鹃啼时盛开,故有此名。杜鹃的种类亦不算少,有山踯躅、洋鹃、毛鹃、夏鹃、桃鹃等,而日本的"皋月",其种与我国所产的略有不同,因其常绿,故性喜润湿,而宜置于半阴半阳的地方,则叶片青翠,培养也较其他花木为烦。春天开花,花落后梅雨期最适宜栽植。普通多种于泥盆中,用土也略有不同,因其性喜湿润,故宜排水良好而蓄水力强的山泥,是一种腐殖土,来自金华一带。杜鹃施肥不宜用粪,因杜鹃根很细,终嫌粪的浓度过强,故施粪水后即枯萎,普通用蚕豆壳浸汁后浇之,可奏效。以上海的气候,杜鹃还嫌干燥,故宜常在茎叶上喷水。

5.紫藤:落叶性藤本,品种也有好几种,如银藤、红藤、复瓣紫藤等。性喜附乔木而上,或搭架而蔓延,花作串状下垂,累累然很是美观。春天取根上小枝,分种自活。

以上十种仅举其较普遍而易为人所注意的,其他在春天开的花卉,不计其数,不能一一介绍。

端午节的点缀品

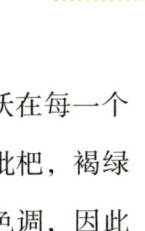

日子一踏进农历五月,一幅端午节景色图,活跃在每一个人的眼前。水果摊的木板上堆积着一篓篓金黄色的枇杷,褐绿的果梗,细长的茸毛,黄金的果皮,构成了明显的色调,因此它在端午节是最活跃的一种果品。小菜场的担子里,在这几天中特增多了不可食用的"菜蔬",那就是蒲和艾,一年一度地在端午节边出现,它们的大名几乎老幼皆知,无人不晓,这真是植物界的幸运儿。

这些端午节的点缀品,从园艺方面瞧来,也很有记述一下的必要,所以笔者把它们的特性和栽培的方法,一一介绍如下:

一、枇杷

1.性质:枇杷原产在我国南部,自古已很盛行,大约尚在唐朝以前,已经开始栽培,屈指算来不下一千三百多年之久了。现在我国中部几省都很普遍地栽培,品种最优良而最享盛名的,便是江苏的洞庭山和浙江的塘栖两地。枇杷属蔷薇科,常绿乔木，多栽培在庭园间，最高的约有二十多尺，叶很大而带尖椭圆形，叶缘有锯齿，下面生毛，初冬即开花，花虽小而很香，花五瓣，色白，几朵花丛生在一花穗上。到第二年夏月端午节左右，果实成熟，正圆形，作淡黄色，外有茸毛，优良品种的核很小，竟有缺如的。它性喜温暖气候，寒冷的地方，很难栽培，因此从未曾听见东三省的枇杷著名，这完全是受到气候的限制。洞庭山、塘栖两地，因河流很多，气候调和，而且冬季较他地温暖，所以枇杷在冬天的开花期中，不致受到冻害。栽培枇杷的土质，是带黏质的壤土最适宜。枇杷的品种很多，其中以大红袍、红沙、白沙、宝珠最好。

2. 栽培：因枇杷是常绿果树，在春季三月左右栽种最宜。它的生长比较缓慢，整枝也较简易，整形通常是自然半圆形。果树的修剪最为重要，否则徒然生长叶枝，而不生结果枝，使果实减少。枇杷每年在夏、秋雨季（六、七月和九、十月）修剪两次。花朵丛生在一花穗上，所以必须行摘果的手续。普通大型种，每一穗上留三四个，小型种留六七个，这可以使果实发育平均。更为增进色泽的美观和防免虫害起见，在摘果后，宜行加套，每一穗套一大袋，然而过去我国有些农民不知用此法，致损失很大。在枇杷开花前和果实采收后，都要施肥各一次。花开前当施人粪尿等速效肥料，而果实采收后应施牛粪等

迟效肥料。一般在树干四周二尺左右,开一浅沟,把肥料施入,再把土覆盖,可使肥料不致流失。

二、菖蒲

菖蒲、艾和大蒜可算是"端午三友",据说是有压邪和辟除蛇毒的功用。相传在端午日有一位钟馗进士手执宝剑,斩除妖魔,而蒲形如剑,便象征钟进士手中的宝剑。蒲和大蒜具有特殊的臭气,自可吓退蛇、虫,至于斩除妖魔之说,当然是迷信的传说。菖蒲属天南星科,本生在溪涧清流中,也有种植在水边的,用来防止岸滩土沙的倾圮。它是多年生的草本,用匍匐在地的茎,来繁殖它的种族。叶如剑状而细,无中筋,长到一二尺左右。花很小,作淡黄色。菖蒲也有一种小型的,常栽在盆石中,供观赏用,终年常绿,都很可爱。据《本草纲目》上载:"菖蒲凡五种:生于池泽,蒲叶肥根,高二三尺者,泥菖蒲(白菖)是也。生于溪涧,蒲叶瘦根,高二三尺者,水菖蒲

（溪荪）是也。生于水石之间，叶有剑脊，瘦根密节，高尺余者，石菖蒲是也。人家以砂栽之一年，至春剪洗，愈剪愈细，高四五寸，叶如韭，根如匙柄粗者，亦石菖蒲也。甚则根长二三分，叶长寸许，谓之钱蒲是矣。"爱好菖蒲盆玩者，不妨一试。

三、艾

艾属菊科，种类很多，生在山野中，多年生草本，约有二三尺高，叶长卵形，羽状分裂，叶下生灰白色的毛很密，花作淡黄色。艾的嫩叶可加在饼中，以供食用。《花镜》上说："艾名冰台，一名医草，随在有之，以蕲州者为佳。二月宿根生苗成丛，其茎直生，白色，高四五尺，其叶四布，状如蒿，分五尖，丫上复有小尖，面青背白，有茸而柔厚，七八月间出穗如车前穗，细花结实盈枝，中有细子，霜后始枯，人多于五月五日连茎刈取，曝干收叶，陈久灸疾，或揉作印色胎。"

四、大蒜

大蒜又名胡蒜，原产在亚洲西部，多年生宿根植物，属百合科，和葱同栽在园圃中。叶狭长，扁平呈带状，地下茎可供食用，北人目为珍品。春、夏间从叶间抽出花轴，有一二尺长，上端先开花。大蒜又名胡蒜的来源，据李时珍云："按孙愐《唐韵》云：'张骞使西域，始得大蒜胡荽。'则小蒜乃中土旧有，而大蒜出胡地，故有胡名。"它在九月中旬栽植，每距五寸种一

四时花草 217

图题：〔明〕陆治《端阳即景图》

图注：陆治自题：「葵榴花下自称觞，南极星辉满华堂。况是江南多胜事，朱明佳节正端阳。」款：「嘉靖癸亥仲夏，包山陆治画并题。」

小球，深度约一寸左右，当发芽后行中耕，把杂草去除，冬天严寒时，当盖稻草保护。春天抽花轴时，应把它摘除，可使蒜头肥大，到六、七月便可掘取供用。

五、粽箬

端午节裹粽，相传是纪念屈原大诗人。而粽箬本是一种野生的禾本科植物，多年生，常绿苞木，高到三四尺，茎中空细长有节，叶很大，可供裹粽之用，因叶有清香的缘故。

六、黄瓜

在端午节上以黄色作为吉利的颜色，像黄老虎、雄黄酒等，而竟连吃的东西也都择其有黄色的，像枇杷、黄鱼、黄瓜、黄鳝等，黄鱼、黄鳝不在园艺范围以内，故不赘述。而黄瓜恰在端午节上市，且因人的需要增多，故价格很为昂贵。黄瓜本名胡瓜，原产在印度，属葫芦科，一年生草本，蔓长八九尺，由卷须而上升，叶圆心脏形，浅裂如掌状，有叶柄，花黄色。雄花和雌花同株，雌花落去后经十几日，即达采收适期。如经一月左右，则瓜变褐色而成熟。果实细长，为瓠果，有很多的刺。据李时珍云："胡瓜处处有之，正二月下种，三月生苗引蔓，叶如冬瓜叶，亦有毛。四五月开黄花，结瓜，围二三寸，长者至尺许，青皮，皮上有瘖瘰，如疣子，至老则黄赤色，其子与菜瓜子同。一种五月种者，霜时结瓜，白色而短，并生熟可食，兼蔬蓏之用。"

七、赤豆

裹粽之馅有豆沙、鲜肉等，而豆沙是由赤豆和白糖合成，故赤豆也算是端午节间接的点缀品了。赤豆属豆科，种类不一，栽培在陆田中，一年生草本，有二尺多高，叶由三片小叶合成，夏秋间在叶腋抽出花穗而开蝶形花，作淡黄色；果实成细长形荚，内有赤豆，又名赤小豆。

图题：〔明〕陆治《菖蒲湖石图》

图注：陆治自题：『品同甘谷黄英寿，节比湘江绿玉清。』款：『嘉靖甲午冬月望日，包山陆治作。』

菖蒲也有一种小型的，常栽在盆石中，供观赏用，终年常绿，都很可爱。——周瘦鹃《端午节的点缀品》

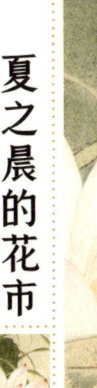

夏之晨的花市

夏季花市上的花卉，以草本的居多。红花绿叶，相互掩映，格外来得明显。木本的花卉在色彩上似乎有些不及了。在夏天，鲜花确是一种消夏妙品。在斗室中，在几案上，点缀着一二盆或一二瓶色彩鲜明的花卉，真可消暑却热。所以把夏之晨花市上最流行的几种花卉，介绍给爱花的同志。

一、菖兰：在夏天花市上最是流行，差不多每一家花店都用作插花篮的材料。菖兰原产在欧洲南部，叶像菖蒲，长二三尺，从六月到九月，自叶丛中抽出花梗，一梗上有花二十多朵，排列成穗状。先开下部的花蕊，逐渐向上部开花。花有些像漏斗，多单瓣，也有半重瓣的。花色很多，有白、黄、紫、红、橙色等，它是属于球茎类。因它的茎呈球形，所以根生在球茎的下部。根多肉质，当球茎抽梗开花以后，就枯萎，而在球茎上发生同样大的球好几个。到秋季末掘起来，在新球茎和老球茎间，簇生多数的小球。这种小球是可以繁殖的，也就是维持它品种的根源。菖兰在三月左右栽植球茎，露地的位置，阳光须透射，用腐殖质的砂质壤土，因这种土壤排水良好而且肥沃。总之，菖兰适宜栽培在多砂质的土壤中，待其生叶后，根旁略施稀薄的人粪水。高性种因易吹倒，当用细竹支持。开花后，如用子来繁殖，可得新种，那可让其结实。一般开花后，便把花切去，不使结实，另用小球茎来繁殖，但不能获得新品种。直到秋季，叶片枯萎后，便把球茎掘起，晒干而贮藏在室中，便可安然过冬，不然易受冻害。如供玩赏，可用盆来栽植，但宜矮性种。三月间用直径八九寸的盆，种入球茎三四个，种后随时浇水，在开花前，须浇稀薄的粪尿三四次，开花后宜移植到地上，使根部充分发育。球茎生育良好，第二年仍可开花。

二、大丽菊：又名大理花。根膨大而成块状，故属于块根类。根富有淀粉，和甘薯相像，生在茎的下部。茎长四五尺，多汁而柔软，开花期很长，自五月就开始，到七月左右开得最盛，其后暂时停止，再发新茎，到九月再开花，十月又达盛开期，以后断续开花，一直到霜降后，茎受寒而枯，花也凋敝。如栽培在温室中，加以适当的管理，或许会再开花。但花多小而柔弱，并不动目，故当茎枯死后，便掘起以过冬。花色众多，有红、黄、橙、紫、白、淡红、洒金等，花瓣也有单复瓣的区别。花形很大，色彩娇艳，可算块根类中最受欢迎的一种，因它开花期很长，花朵大而艳，管理也较易。大丽菊多种于地上，四月左右，择一向阳而排水便利的地方，深掘成畦，每隔三尺种一株，掘深和开穴约一尺多，穴底放腐殖的堆肥和草木灰，上盖一层薄土，然后把块根放入，上覆三四寸的土，便浇水。在开花前再施一些粪水，但肥料不宜多施，过多徒长枝叶，而迟生花蕾。因它茎高而柔软，很容易倒伏，所以生长到相当高度后，便用竹架支持，过高的，把茎心摘去，抑制它生长旺盛，但不妨碍开花。大丽菊花大而鲜艳，宜插古铜大花瓶，供在大厅和客室中，大方而富丽。

三、美人蕉：也是球根植物。茎高三四尺，也有五六尺高的。叶大而呈长椭圆形，好像小芭蕉叶。开花期也很长，从夏初直开到秋末。茎叶有二种色彩：一种是带红褐色，花多红色或橙红色；另一种是绿色，花色多黄；其中以红底黄镶边最是名贵。花市上多红、黄二色，但红色终胜一筹。在四月左右落地栽种，每株距一二尺，根茎埋入土中三四寸，发育后，施以稀薄粪水，灌水也要注意。以后陆续开花，直到深秋才枯，掘起根茎，干燥二三日，藏在向阳干燥的温室中，以待来春的栽植。如欲得新品种，当花开后，任其结实，在春天播种，但种子皮厚，先浸在清水中一二昼夜，切破种子皮而不伤种仁，再播种，发芽较易。

上列的三种球根花卉，在夏季的花市比较多见。以下的几种花卉，在花市上虽不多见，但在夏季也风行一时，今述之如下：

一、荷花：荷花是一种最有用的植物，根就是藕，可供食用，鲜荷叶可作药用，干荷叶可作打包用，花瓣可作书签，以防害虫（衣鱼），莲子供食用，荷梗作药用，竟寻不出它无用之处。夏不失水，冬不结冻，则春来秧肥花盛。种莲子法：将老莲实装入卵壳中，令鸡母同子抱，候子鸡出，取天门冬捣末，和泥安置盆内，将莲实磨穿其头，种之，花开如钱大，亦是弄巧之道。或云："春分前种一日，花在叶上；春分后种一日，叶在花上；春分日种，则花叶两平。"据《花镜》上所载，荷花共有二十二种，可惜现在所常见的，只有红、白二种，如有四面观音或并蒂莲的发现，已觉名贵非凡。

我们的家庭小园地上，有名种荷花六种，都用缸植，如浅绿色的，名绿荷；白色而有细红边的，名玉钵盂；桃红色而有无数花瓣的，名千叶莲；桃红色而花中更抽小花的，名层台；粉红色而有十余花瓣的，名粉千叶；白色而洒以大块紫斑的，名大洒金；白色而洒以小块紫斑的，名叫小洒金；至于江苏正仪镇上元末顾阿瑛玉山佳处遗址池中的天竺种千叶莲花，至今入夏花开不绝，那是最最名贵的了。

荷花又称莲花，原产在热带亚洲，多年生草本。藕就是它

———— **图题**：

谢荪自题："己未春日写似,伴翁老先生,谢荪。"

———— **图注**：

荷花又称莲花,原产在热带亚洲,多年生草本。藕就是它的地下茎,在其节间抽出很长的叶柄,顶端生叶片。到夏天,再从节间抽出花梗,顶上开花,花大而美丽。如在庭园里安放一二缸荷花,叶片青葱,花朵鲜艳,顿有清凉的意味。——周瘦鹃《夏之晨的花市》

的地下茎，在其节间抽出很长的叶柄，顶端生叶片。到夏天，再从节间抽出花梗，顶上开花，花大而美丽。如在庭园里安放一二缸荷花，叶片青葱，花朵鲜艳，顿有清凉的意味。

二、茉莉：常绿小灌木，高二三尺，叶卵圆形，夏、秋开小白花，有浓香。贩花者把花串成花球，最受妇女欢迎；系在衣襟上，芳香袭人，但经一夜即萎去。至于花市上的连盆茉莉，如管理得宜，可开到秋天。茉莉有两种：一种是本地货，也就是苏州货，叶小而色深绿，花也小而香浓；另一种是香港货，叶较大而色较淡，花大而香不浓，且不耐开。茉莉多种在盆里，因它怕冷，到冬天须移置温室里。

三、夹竹桃：自岭南来的一种常绿性灌木，高四五尺，亦有一丈左右的，夏季开花，有杏仁的香味，花色有红、白、淡红、深红等，其中以红花的一种最是艳丽，开花期很长，花似桃花而叶像竹，故称为夹竹桃。性怕寒，一到冬季，即用稻草包扎，或种植在向阳处。如把这花和茉莉相配，更是香艳，妇女都用来装饰。

凡是花都有一特性："香而不艳，艳而不香。"俗语所谓："好花不香，香花不好。"如上述的菖兰、大丽菊、美人蕉都是以色胜，而茉莉、荷花则以香胜，这是花卉唯一的缺陷。

图题：
〔宋〕赵昌 《茉莉花图》

图注：
茉莉：常绿小灌木，高二三尺，叶卵圆形，夏、秋开小白花，有浓香。贩花者把花串成花球，最受妇女欢迎；系在衣襟上，芳香袭人，但经一夜即萎去。——周瘦鹃《夏之晨的花市》

盛夏流行的蔬果

一时有一时的时鲜货,一季有一季的点缀品。每当盛夏的时光,一派盛夏的景色展开在每一个人的面前,那是必然的:西瓜熟了,知了噪了,芭蕉绿了,蜜桃甜了,把这个恼人的季节点缀得有声有色,似乎在安慰困在热浪中的人们。笔者且把盛夏最流行的蔬果,在园艺工作者的立场上,作一简短的介绍。

一、蕹菜:它是一种蔓延性的菜蔬,原产在我国,夏天流行在菜市上,价格也不贵,是平民化的蔬菜。因它的蔓条空心,所以俗名空心菜,又叫作蕹菜。叶很长,像长的心脏形,叶柄也很长。我们买来做菜蔬的,都是拣嫩的,老的当然不受人欢迎。到夏末才开白花,像一漏斗,但也有开红花的,花开后,便结子,来年可再播种。它的性质,喜欢潮湿且温暖的气候,所以在黄梅天,它生长得很快,这因为配它的"胃口"。在春天四五月左右,把肥沃的潮湿土壤在菜圃中作畦,把种子四五粒播种在每隔一尺的土穴里,不到一星期就发芽了,把太密的拔去,可做小菜用,使每一穴只留一二株,等它的蔓条长到五六寸时,摘去心,使它分枝,愈摘分枝愈多。摘下的心就是菜市上所卖的,嫩而适口,如果自己能种一些,更觉可口。

二、苋菜:俗名米苋,有两种,一种是红苋菜,因它梗中多红汁,煮熟后,汤红得像血;另一种是绿苋菜,和普通的菜蔬没有两样。这完全是由于叶茎中色素的不同,它的"家乡"倒是远在印度,后来传到我国。茎有三四尺高,叶像菱形,叶柄也很长。夏末、秋初间,在叶腋中抽出花梗,上开黄绿色的小花,然后结黑子,可以传宗接代。当它幼小时,可作为我们桌上的菜蔬。

三、韭菜:食韭菜后,在口腔中虽带着一些气味,但在盛夏嫩而可口,为他季所不及,价格在夏天也较为便宜。在我国到处都有,尤其在北方一带。据《北墅抱瓮录》上载:"韭以真定产者为佳,今杭郡之种,肥脆不下真定,其性易生,旋剪旋发,不烦人力。春秋雨过,嫩本新抽,啖之神爽。晚菘早韭,并称山中佳味,信乎不虚。"它是宿根多年生植物,叶细而长,扁平而略厚,地下分布小型鳞茎,所以分枝力很强。到冬季,地上的茎叶都枯死,阳春一到,根部又发新芽,九月左右开小白花,花梗很细,种子小而色黑。韭芽是韭菜软化后摘下,更嫩而味美,较韭菜更受人欢迎。它在春季就要播在苗床,发芽

──── 图题：
〔清〕赵之谦《花卉蔬果册页》

──── 图注：
　　赵之谦自题："同治乙丑六月，赵之谦执叔画于都门寓庐之悔读斋。凡画没骨者必先事勾勒，所为绳墨彀率也。近数十年画家务趋便易，遂令贵耳贱目者见勾勒本，必指为俗工，甚异事也。成十二帧终之以此，并记之。"

到四五寸，再移植到菜圃，便可直接播种在圃中，或分根也可。每枝相离四五寸，种时把上部的叶切去，只要留一二寸，不久再抽新芽，到六七寸时可摘取，以供食用。

　　四、茄子：又叫落酥，富有维生素，它的形状很多，有圆形、长条形和倒卵形等。颜色也不一，有黑紫色、白色、绿色，这都是品种的不同。它的茎有光泽，也多黑紫色，生茸毛，叶很粗，深绿色。因它分枝茂盛，像小灌木，其实是一年生草本

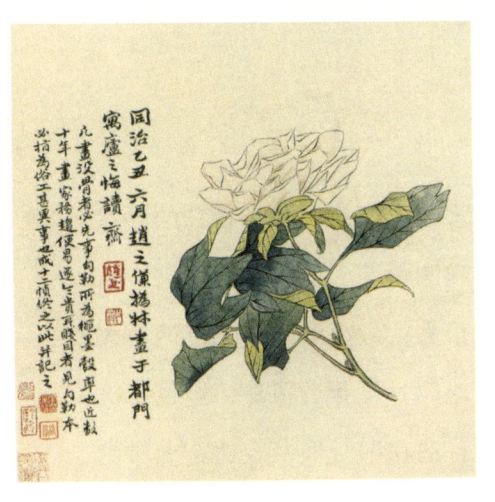 

植物。印度是它的原产地。《北墅抱瓮录》上说:"茄子大小不一种,煮食甚甜滑,腌制糟酱,无所不宜,色紫而泽,昔人美其名曰昆仑紫瓜。"据明代文震亨《长物志》上说:"茄子一名落酥,又名昆仑紫瓜,种苋其旁,同浇灌之,茄苋俱茂,新采者味绝美。蔡遵为吴兴守,斋前种白苋、紫茄,以为常膳。五马贵人,犹能如此,吾辈安可无此一种味也。"可见茄子在明代已栽种,备受美誉。茄子性喜高温气候,在排水便利而肥沃的土壤,则发育茂盛。另有辣椒与茄子同科,湖南人和四川人都喜食,江南人家作为调味而已。

五、番茄:新鲜番茄在盛夏上市,是最滋补的一种果蔬,尤其是新鲜的,维生素甲、乙、丙都丰富,而维生素丙的含量更多。如能生食,不在水果之下;如瓶装而陈宿的,那滋养力较差。它原产在南美洲的秘鲁,故有人叫它洋茄子或西红柿,因它像柿子。叶长而大,上有很多的凹纹,叶面皱缩,有茸毛。

开小黄花,每一花梗上,簇生十多朵,然后结果。番茄的形状因品种而异,有卵圆形、球形、扁圆形等。色彩也有鲜红、朱红、黄红、淡黄等。大小相差也很大,最小的只有二三两,大的有一斤左右。在二月底播种于温床,发芽后拔疏,经过二次移植,才可定植,否则结果不良。约在四月底,定植在土质肥沃的畦上。如主干旁有侧枝生出,当摘除。极力使主干伸长,更用竹枝支持,不使倒伏。开花时,把瘦弱的花蕾摘去,可节省养分。结果后,每一花梗仅留一二个已足,则果形圆整而肥大。如与洋葱同烧素汤,其味无穷,实是素食者的无上妙品。

六、扁豆:一年生蔓性植物,花梗生在叶腋间,花开白色或紫色,然后结扁平的荚,大而短,故称扁豆。幼嫩时,连荚煮熟,供食用,味很美,营养丰富,《北墅抱瓮录》上载:"扁豆花有紫、白二色,状亦不一,荚生花下,花卸而荚现,累累成枝,烹以侑餐,有淡泊之味。"其实荚并不生花下,而生在花中,因花中有雌雄蕊,当雌蕊成熟后,即发育成荚,内有种子。种子老后,色黑或白,因种而异,以待来年春直播在菜圃中,不须移植。蔓伸长时,当立竹架,任它生长,可高到一丈左右。

七、豇豆:也是一年生蔓性豆科植物。原产在南美洲。初夏在叶肋间生出几寸的花梗,在梗端开淡红花二朵,后结成荚二条,垂垂下地,很是美观。荚的长短因品种而异,一般长

四时花草
233

―――― 图题：
齐白石《豇豆螳螂》

―――― 图注：
豇豆：也是一年生蔓性豆科植物。原产在南美洲。初夏在叶肋间生出几寸的花梗，在梗端开淡红花二朵，后结成荚二条，垂垂下地，很是美观。荚的长短因品种而异，一般长六七寸，但也有长至三尺多的。而供连荚食用的，都在幼嫩时摘下。因此荚色是淡绿，也有淡白、紫红等色，而种子的色泽和荚色相同，如绿荚则子绿，荚紫红则子也紫红。——周瘦鹃《盛夏流行的蔬果》

六七寸，但也有长至三尺多的。而供连荚食用的，都在幼嫩时摘下。因此荚色是淡绿，也有淡白、紫红等色，而种子的色泽和荚色相同，如荚绿则子绿，荚紫红则子也紫红。

八、丝瓜：在春季四月底下种，在地上开穴，每穴直播三四粒，后即发芽，每穴留一株。当蔓伸长时，应先立支架任它蔓延，其后陆续开黄花。花有雌雄两种，雄花不结实，数也多；而雌花有很长的花梗，一望而知，开花结实，但数较雄花为少。瓜细长，嫩时可供煮食用。老后瓜内纤维发达，俗称丝瓜络，在我国药材上也有地位。《北墅抱瓮录》上载："丝瓜喜延高架，宜背阴，其实长尺许，嫩时甘滑可餐，老者瓢丝若网，可以涤器。平湖种瓜者多于菱湾渔港之旁，结为低架，碧蔓黄花，下俯流水，灿然可观，不但有落实之益也。"在家庭中如有一弓之地，便可栽培，管理也便。笔者年年栽培，当其蔓伸长时，自二、三楼上引线而下，蔓之而上，盛暑之下，绿叶满窗，案头也满沾翠绿，自觉消暑却热，满目清凉。偶在绿叶丛中镶嵌着一二朵黄花，尤觉可爱。花后结瓜，日长夜大，自寸许长到一二尺，亲眼目睹，尤多佳趣，如摘一二条与面筋同煮，清腴可口。这种清趣，惠而不费，且不是金钱所能买到的。

九、西瓜：是长夏解渴最不可少的果实，不是一股人工的冷饮品所能比拟。原产在非洲热带地方，叶大，叶柄长而花小，开黄花。西瓜种类很多，如《北墅抱瓮录》上载："西瓜各种，皮有青有绿，瓤有深红、有淡红、有白、有淡黄，子有红有黑有白，迥不相类。炎歊正酷，浸以寒泉，会客剖尝，凉沁心腑，不啻饮沆瀣吸石乳也。"我国的优良品种很多，像德州瓜、平湖枕瓜、三白瓜、马铃瓜等。这几处气候干燥而高温，土质多排水佳良而肥沃的砂质。在春间四月底直播畦上，每株相距二尺，当苗生长二三寸时，施稀薄人粪尿，蔓生长时，再在根旁用芝麻饼施入，最后一次施肥，则在蔓长二三尺时。上海一带栽培，不是十分适宜。

十、香瓜：又名甜瓜，俗叫金香瓜，原产印度，叶圆形，上有浅刻，开黄花，瓜形有圆的、长圆的、扁圆的；瓜表面有光滑的、有龟裂的，皮色有黄的、白的、绿的，所以名称多，但嗅时有一阵清香，所以总称香瓜，大型的也有一二斤。山东益都（今青州市）、历城以及浙江等都是优良品种的产地。凡是瓜类都属葫芦科，一年生蔓生植物，都是不能越冬的。蔓很长，用叶腋间的卷须攀缘他物而上，这样可以得到充足的阳光。花多黄色，雌雄蕊不在同一花内而同在一株上，靠蜜蜂等虫类替它们媒介，而人所栽植的，那么用人工来做传染花粉的媒介，这样可以结较多的瓜。

图题：

〔清〕恽寿平《丝瓜图》

图注：

丝瓜：笔者年年栽培，当其蔓伸长时，自二、三楼上引线而下，蔓之而上，盛暑之下，绿叶满窗，案头也满沾翠绿，自觉消暑却热，满目清凉。偶在绿叶丛中镶嵌着一二朵黄花，尤觉可爱。花后结瓜，日长夜大，自寸许长到一二尺，亲眼目睹，尤多佳趣，如摘一二条与面筋同煮，清腴可口。这种清趣，惠而不费，且不是金钱所能买到的。——周瘦鹃《盛夏流行的蔬果》

庭园秋色

庭园的秋色,菊可算是其中的代表,在秋花中占着最重要的地位。要知菊之所以能在秋天开花,事前不知费了种花人多少的心力。所以在欣赏秋色之余,更有明了各种秋花来源的必要,今将各种秋花分述如下。

一、菊:是一种宿根植物,栽培很广,而花的形状多得不可胜数。本来仅有二种,一种是管瓣,另一种是匙瓣。但经过多年的栽培,还有一种平瓣。花的构造也很复杂,一花中有完全匙瓣的,亦有一二种混合的,更有几种花瓣混杂在一朵的,变化多端,花色繁多。菊的开花期也有参差,所以有夏菊、秋菊和寒菊。夏菊和寒菊不过是品种的早晚而已,其中自以秋菊为主。菊茎不是十分粗大,上端是草质茎,而下端已木质化,分枝很多,能生长到几尺,也有长至一丈左右的,全看栽培得宜与否。据《花镜》上载:"菊一名节华,又名女华……春、夏、秋、冬俱有菊,究竟开于秋、冬者为正,以黄为贵。自渊明而

图题: 〔清〕恽寿平 《东篱图》

图注: 恽寿平自题:「霜气生毫端,香光绕研北。红紫间金英,居然万花谷。东篱图。」款:「白云溪渔寿平。」

后，人多踵其事而爱之，如刘蒙泉《菊谱》，遂有一百六十三品。范至能、史正志、马伯州、王荎臣皆有谱，其名目多至三百余种。要知地土不同，命名随意，仅有一种而得五名者，如藤菊、一丈黄、枝亭菊、棚菊、朝天菊是也。"由此可知菊名的复杂，自古已然。现今品种又多，更有来自他国的，同花而异名，势所难免。现在菊花的名称，真是一个困难而没有解决的问题。

栽培的方法：菊的繁殖多用分株、扦插两法，简而易活。分株就是在母株花谢后而茎叶枯时，根旁发生多数的幼苗，俗名"脚芽"，一一取出而种在盆中，一般最早在十月下旬，这是用作栽培高大的立菊，否则到次年春末行扦插法。如行扦插法，那么把隔年的老菊株种在高燥的畦上，上面搭棚，以防冻害，到明春欣欣向荣，便在五六月中行扦插，即摘取新茎，约二三寸长切断，下端插在细沙或排水便利的松土中。扦插完毕后，当行灌水，不可日晒，约一二星期便可发根。如欲得新奇的品种，那须收取菊花的种子，在开花时，经蜜蜂等昆虫传布花粉，通常在温室中行之，待其结子而采取。菊子多细，在三四月间，择一土壤疏松的苗床，把菊子播种在上面，再撒一层极细薄的土，苗床上面当有玻璃窗或油纸窗，可阻雨水的侵入，更不宜晒日光，二三星期后，菊子即发芽，逐渐使晒日光。如已生二三片幼叶,便可多晒。如生出五六片叶,便要移植了。菊可种在瓦筒或泥盆里,而用瓦筒生长最快,因根系的生长发育良好的缘故。土壤宜疏松,先施以淡粪水,以后把粪水的浓度日渐增加。夏天施肥,也须视品种的特性,作适度的浓淡,如果特性喜淡肥的,施了浓肥,便生长软弱,新梢上易生蚜虫,会影响到叶片的翠绿和花朵的生长。菊花的栽培期很长,自来年花谢后,便须着手,直到次年秋天,才有花看,其间约有一年之久。在栽培中,凡灌水、施肥、除虫等工作,一天也不能疏忽。但是它的开花期仅有四五个星期,可见看花实在不是一件容易的事。

　　菊的品种,浩似烟海,除固有的老种外,每年有新种育成。它们的名称,都带有诗情画意,而且同一种菊花,经多人品题,名称也不一。所以现今艺菊者对于名称也缠得弄不清楚了。

　　二、桂:一名木樨,是一种常绿乔木。如在小园中栽植一二株,可使满园芳香,也是点缀秋景所不可少的。叶作长椭圆形而带尖。秋中开花,花丛丛地生在叶腋,很小,倒是有很浓郁的芳香。桂的种类通常所见的仅有银桂和金桂两种。还有一种丹桂,花色带红。更有月月桂、四季桂等,这是因它开花的时期而取名的。

　　三、秋海棠:原产在热带地方,是一种宿根草本植物。茎

图题：〔清〕蒋廷锡《桂花图》

图注：

右上康熙题：「坐望中秋月正圆，玲珑丹桂植当天。无私普照八荒外，皎洁清光云汉边。中秋望月。」左下蒋廷锡落款：「臣蒋廷锡恭画。」

叶柔软多汁，叶作不整齐心脏形。叶柄和茎的节部，都带红色。在秋天，花生在枝梢上，红、白都有，栽在庭园的篱脚边，最是相宜。红花绿叶，也是秋天的绝妙点缀品。秋海棠又名八月春，因为它花朵娇冶柔媚，真同美人倦妆一样。据俗传，从前有一女子，怀人不至，涕泪洒地，即生此花，故娇如女面，被称为断肠花，又叫相思草。性喜阴湿而怕寒，日光也以少见为宜，如露天栽植，到冬天，茎叶都枯死。地下老根越冬，直到次年春天再发芽生叶。在冬天，最好盖上稻草，以防冻死。

四、朱唇花：又名一串红，在秋季庭园中是很普遍的。它花色红如朱砂，形似樱唇，鲜艳夺目，因而得名。花朵生在抽出的花轴上，排列成一串，故又名一串红。花轴下是碧绿的茎叶，栽在花坛里或篱脚边，株数宜多不宜少，远远望去，上红下绿，互相掩映，真使秋色格外生动了。它原产在南美洲，是多年生的宿根草花，畏寒，花期很长，自夏末到深秋，花开不绝，并且不容易凋谢。如遇到霜降，就日渐凋萎。要是盆栽的话，不妨移到花室中，那就可以开到冬天。它在春天三四月用子播种后，就会发芽，等到苗长到二三寸，便可移植到花坛里，每株相隔一尺半左右。到秋天开花时，疏密均匀，而高低一律，可增美观。除播种外，还可在秋天剪取枝梢三四节，插在砂土里，在温室中过冬，第二年秋天便可开花了。

五、老少年：花名中要算老少年是最有雅趣的了。据李时珍《本草纲目》上载："……吴人呼为老少年。"又名雁来红，是一种一年生的草本植物，叶作长椭圆形，有三尺多高，在秋中叶变鲜红，望去像花，因适当群雁南飞的时期，故称为雁来红。据《花镜》上载："老少年，一名雁来红，初出似苋，其茎叶穗子与鸡冠无异。至深秋，本高六七尺，则脚叶深紫色，而顶叶大红，鲜丽可爱。愈久愈妍如花，秋色之最佳者。"又有一种老少年，顶黄红而脚叶绿，一种枝头乱叶丛生，有红、紫、黄、绿相杂而生，称为十样锦。一种根下叶绿，顶上纯黄，称为雁来黄。李商隐诗："商女不知亡国恨，隔江犹唱后庭花。"《救荒本草》称雁来红为后庭花，不知李氏所谓的后庭花曲，是不是就是起源于雁来红？那就无从考据了。

秋天的庭园中除上列五种外，当然还有其他的花卉，名目繁多，不过这五种是秋色中的佼佼者罢了。

中秋节的口福

月饼一上市,离中秋也就一天近似一天,街道上又可以发现一大批送节礼的,他们的兴致是何等的高!于是一幅中秋节景图又展开在我们的眼前了。柿子看着月饼风头如此地出风头而"眼"红,百合早已出世,白果也泛白,栗子也从硬壳里爆出来,石榴也告成熟,毛豆、芋艿联袂而登场,它们都是中秋的时鲜,把中秋节渲染得有声有色。这些果品都在秋实的季节中一一成熟,在中秋节为人们增添了不少的口福。中秋节应市的果品,虽多得不可胜数,但要算柿子、百合、白果、栗子、石榴、毛豆、芋艿七种果品是中秋节的宠儿。

这七种果品的成熟,正不知要费了多少人的心力,才能换到这些收获。他们日以继夜地做着灌水、除草、中耕、修剪、施肥、防除病虫害等繁复的作业,所以这一句"出一分力,得一分果"的谚语,确可作为园艺作业上的金科玉律。今笔者不惮烦地把这七种果品的来历,一一述之如下,那么在中秋赏月之余，把它们放进嘴去咀嚼起来的时候，或许能辨出其中一些真味来，这样才可算中秋的口福是真真不浅哩。

一、柿子：中秋节是家人团圆的佳日，有的人家在点香斗的供桌上，供一盆柿子。柿子又红又圆，确实具有双重的意义——红是吉利的色彩，有人对它颇有好感；圆是表明团圆的意义，因此在中秋节是少不了它的。柿本来是亚洲的特产，我国在两千年前，已开始栽培，而北方栽培得更盛。柿树是一种落叶乔木，高有二三丈，据清代高士奇《北墅抱瓮录》上说："世传柿树有七绝：一多寿，二多阴，三无鸟巢，四无虫蠹，五霜叶可玩，六佳实可啖，七落叶可以临书。秋柯坪左右各有数株，大而多实，亭亭耸拔，郁然成林。"这柿树的七绝，确是不错，在现今果树中，柿树也可算是长寿的了。春季末才发芽生叶，叶椭圆而略带尖，夏初开黄花，花后即结果，果实很大。柿通常有两种：一种是甘柿，即柿子在树上成熟，就毫无涩味，采取后，即可供食，日本多栽培，性喜温暖的气候；二是涩柿，树上所结的柿子，不易脱涩，故采取后，必须加以人工，才变红而有甘味，这是我国栽培的品种，寒冷的地方也可栽植。根据柿子的形状，又可分为好多种，像铜盆柿、金钵柿、莲花柿、平柿等，都是我国江苏、山东、浙江、安徽等省的名产。柿子以无核为贵，据明代文震亨的《长物志》上载："……或谓柿接三次,则全无核,未知果否?"的确,凡柿经过三次的接木,才能无核,不过接木的技术须高超,否则难以接活。

二、百合:原产在东亚的宿根植物,宜生在山地,地下的鳞茎,就是供我们食用的。在七、八月间,茎梢生花,大而美丽,且有芳香,花市上也有出售。据《北墅抱瓮录》上载:"百合花一名摩罗春,一茎上抽,四旁出叶,花生茎端,有红、白二种,白者尤胜,每坼一蕊,满庭皆香。"百合我国到处都种,但以南京的白花百合,最是有名,因不带苦味,外皮白色、肉厚、质地很细腻,和绿豆同煮成绿豆百合汤,最为可口。百合之所以能在中秋节占一席之地,因为它占了名称上吉利的便宜。百合有"百事合意"的意义,并且它也是团圆的,又有"一团和气"的吉利话。百合性喜温和而干燥的气候,最适宜种在土质肥沃而疏松的壤土中。南京一带,在西瓜栽培后,再种百合,因瓜地大都是适合百合的"脾气"的。

三、白果:本称银杏,白果是俗名,也可叫作公孙树。据李时珍说:"银杏原生江南,名鸭脚子,宋初始入贡,改呼银杏,以其形似小杏而核色白也。"银杏是落叶乔木,高至丈余,《长物志》上载:"银杏叶如鸭脚,故名鸭脚子。雄者三棱,雌者二棱。园圃间植之,虽所出不足充用,然新绿时,叶最可爱,吴中诸刹,多有合抱者,扶疏乔挺,最称佳树。"

图题：
　　〔清〕郎世宁《仙萼长春图册·百合花与缠枝牡丹》

图注：
　　百合：原产在东亚的宿根植物，宜生在山地，地下的鳞茎，就是供我们食用的。在七、八月间，茎梢生花，大而美丽，且有芳香，花市上也有出售。——周瘦鹃《中秋节的口福》

四、栗子：原产在我国，如《诗经》上载"树之榛栗"，可见在春秋以前，已有栽培，所以栗子的历史约有三千多年之久了。欧、美两洲也产栗子，不过是把野生种改良而来。栗树生在山地，落叶乔木，夏天开小花，雌花开后结实。栗子生在囊状的壳斗内，壳斗外面全带尖锐的刺，成熟后，壳斗裂开，栗子就可散出。栗树喜温和气候，就是稍冷的地方也可栽培，所以北方产栗很多，像良乡栗子，全国闻名。其实良乡所产的栗子是不及河北密云县所产的密云栗，而现在一概通称良乡栗子。凡形圆而粒很小，皮色浓的，才是真正的良乡栗子，一般以宜兴栗或其他来路不明的栗子来混充。总之，良乡栗子在栗子中要算是最小的了。栗子当然是糖炒的最为香甜可口，其次是风干栗子，如《北墅抱瓮录》上载："松盘山外，平畴衍迤皆种栗树，大者数十围，结实甚多。新秋剥食，芳鲜莫及，兼有香气，若桂丛之始坼。八九月时，其房自裂，命小奚掇拾筐中，悬檐壁多风处，俟其少干，皮易脱而味较胜。"栗子之所以能在中秋节出足风头，大概是取其略带圆形的缘故吧？

五、石榴：石榴原产在波斯（即今之伊朗），后来到汉武帝时，遣张骞通西域后，才输入我国，历史也可算是很悠久的了。石榴实在是果品中最没有"吃头"的果品，入口有些涩，核很大，不能供大嚼，它的花倒比它的实来得受人重视，如《群芳谱》说:"石榴叶绿,狭而长,梗红,五月开花,有大红、粉红、黄、白四色,有海榴(来自海外,树高二尺)、黄榴(色微黄带白,花比常榴差大)、四季榴(四时开花,秋结实,实方绽,旋复开花)、火石榴(其花如火,树甚小,栽之盆,颇可玩,又有细叶一种,亦佳)、饼子榴(花大,不结实)、番花榴(出山东,花大于饼子,移之别省,终不若在彼大而华丽,盖地气异也)。"再如《长物志》上载:"石榴花胜于果,有大红、桃红、淡白三种,千叶者名饼子榴,酷烈如火,无实,宜植庭际。"如《北墅抱瓮录》说:"南方石榴佳种不易得,园内亦不多植,惟水旁有大红台榴一二株而已。当仲夏之时,新绿初齐,远近一碧,惟榴花烘晴映日,灼灼欲燃,可谓绚烂矣。近又得一镶边红、千瓣白、松花色者,不异绮绡簇成,尤为罕有。"这些都是盛赞榴花的美艳,而忽略了石榴的果实。

六、毛豆和芋艿:这是中秋节的一对宝贝,犹如端午节的蒲与艾。毛豆和芋艿虽然不能和松柏并称,但两者一年一度地在中秋节相会,

不过这相会完全是人为的凑合罢了。毛豆本称大豆，而江浙一带俗叫毛豆，因为它的茎叶荚上都密生细毛的缘故。它是一年生草本植物，原产在东亚。在夏至前下种，后发芽成茎，直立而粗刚，叶圆而尖，秋天开小紫蝶花，花谢而结荚，经霜才枯。毛豆的色泽有绿、黄、黑、淡黄等，随品种而不同。豆嫩时可供食用，富有维生素甲和乙，而乙尤多。芋艿是多年生植物，原产在马来半岛等热带地方，叶从根部抽出，高至四五尺，茎多肉，块状，埋在地下，富有淀粉，维生素甲、乙、丙都含有一些，品种也很多，其中以江苏吴江所产的香梗芋最是有名。在中秋节与毛豆同煮，略加食盐，豆香和芋香混在一起，适口异常。如《北墅抱瓮录》上载："莼溪芹涧之间，多种芋，叶比么荷绿净如拭。寒宵拥炉坐话，煨老芋啖之，自谓官厨法馔，不敌其美。彼没齿于膏粱者，殆未足与语此也。"

桂花虽不能列在上述果品之中，但在中秋节很有一些潜势力，因为它的芳香浓郁扑鼻，而且在调味方面也很得用。桂花又名木樨，原产在中国南部和印度，为常绿乔木，有红、黄、白三色，红的叫丹桂，黄的称金桂，白的名银桂。每到秋天，能发花两次，据《北墅抱瓮录》说："凡花之香者，或清或浓，不能两兼，惟桂花清可绝尘，浓能透远，一丛盛放，邻墙别院，莫不闻之。江南好事者，多结之作屏。余园中小径，鳞次种桂，左右成行，接叶交枝，上不通日，花时金粟满望，李义山所谓桂巷，殆不过是。"更如《长物志》上载："丛桂开时，真称香窟，宜辟地二亩，取各种并植，结亭其中，不得颜以天香、小山等语，更勿以他树杂之，树下地平如掌，洁不容唾，花落地，即取以充食品。"由此二则，可见古人爱桂花的深切了。

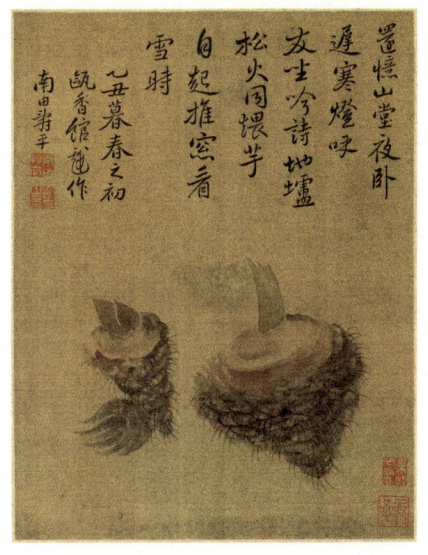

图题：
〔清〕恽寿平《芋艿图》

图注：
恽寿平自题："还忆山堂夜卧迟，寒灯呼友坐吟诗。地炉松火同煨芋，自起推窗看雪时。"款："乙丑暮春之初，瓯香馆戏作。南田寿平"。

图书在版编目(CIP)数据

　　弄草集：周瘦鹃草木美文集 / 周瘦鹃著. —杭州：浙江文艺出版社，2021.10
　　ISBN 978-7-5339-6574-7

　　Ⅰ.①弄… Ⅱ.①周… Ⅲ.①散文集—中国—当代 Ⅳ.①I267

中国版本图书馆CIP数据核字（2021）第127743号

责任编辑　周海鸣
装帧设计　吕翡翠
责任印制　张丽敏

弄草集：周瘦鹃草木美文集
周瘦鹃　著

出版发行		浙江文艺出版社
地　　址		杭州市体育场路347号
邮　　编		310006
电　　话		0571-85176953（总编办）
		0571-85152727（市场部）
制　　版		浙江新华图文制作有限公司
印　　刷		杭州丰源印刷有限公司
开　　本		880毫米×1230毫米　1/32
字　　数		147千字
印　　张		8.125
插　　页		1
版　　次		2021年10月第1版
印　　次		2021年10月第1次印刷
书　　号		ISBN 978-7-5339-6574-7
定　　价		49.80元

版权所有　侵权必究
（如有印装质量问题，影响阅读，请与市场部联系调换）